吕思勉
写给青年的话

吕思勉 著

中国文史出版社

图书在版编目(CIP)数据

吕思勉写给青年的话 / 吕思勉著. -- 北京：中国
文史出版社，2025.3
ISBN 978-7-5205-4349-1

Ⅰ.①吕… Ⅱ.①吕… Ⅲ.①散文集-中国 Ⅳ.
①I26

中国国家版本馆 CIP 数据核字(2023)第 187660 号

责任编辑：薛未未

出版发行：**中国文史出版社**
社　　址：北京市海淀区西八里庄路 69 号院　　邮编：100142
电　　话：010-81136606　81136602　81136603（发行部）
传　　真：010-81136655
印　　装：北京联兴盛业印刷股份有限公司
经　　销：全国新华书店
开　　本：880×1230　1/32
印　　张：8　　　　　字数：145 千字
版　　次：2025 年 3 月第 1 版
印　　次：2025 年 3 月第 1 次印刷
定　　价：56.00 元

目录

1

下　　编

上　编

敬告中等以上学生

凡一社会，必有其中坚焉，若人体之有心君，若三军之有将帅。全社会之方针，悉其所指导；全社会之动作，悉其所统率。此一部分人而良也，则全社会蒙其麻；此一部分人而不良也，则全社会受其祸。若是乎，此一部分人之善恶之隐现，其关系于社会者，若此其大也。

负此指导统率之责任者谁乎？则英人之所谓 Gentleman，而吾国人之所谓士君子也。吾国社会，向以士农工商四种人组织而成。农与工商，皆仅自安其生，不与国家社会事。所恃为全社会之中坚者，则士耳。所谓士者，三代以前，出于世卿；两汉而下，出于选举；隋唐以降，则大都由于科目。今科举之制既废，学校之制代兴。自今以后，代向者八股八韵之士，而负指导统率全社会之责任者，当然属于今日中等程度以上之学

3

生，无可疑也。

夫吾国之言兴学，亦既二十年矣。学校之数，较诸今日文明各国，诚十不及一。中等以上之教育，尤为缺乏，此诚无可讳言。然以较诸向者科举时代，则其所培植之人才，初未见其少也。顾今日社会举事，乃弥有乏才之叹。何也？岂今之肄业于学校者，俱不足为人才耶？然其能刻苦自律学有所成者，固亦不乏；而抱千金屠龙之叹者，尤往往而有。则非无才也，有才而不能用之之为患也。

凡一社会，当其蒸蒸向上之时，必凡事皆有一定之秩序。其用人也，亦若有一定之规则。此不必有法律之规定，资格之限制也。而有才有能、有功有劳者，自获循序而进用。其无才无能、无功无劳者，自不容滥竽于其间。士之生斯时者，苟有所长，固可以平流而进，不必呶呶乎求自用其才也。独至社会之空气，既已腐败，其用人也，非由贿赂，即由情面。其进身也，非借结纳，即借攀缘。方其未进用也，既以夤缘奔走，为幸进之门。及其既进用也，又以倾轧排挤为固位之具。此等事，有才者不徒较诸无才者而不见其长也，且适形其短。则士之生于斯世，有所挟持，而欲自效于社会国家者，舍奋起焉以自用其才，无他道矣。我国今日之学生，所以抱千金屠龙之叹者，得无于自用其才之道，犹有所未尽乎！

自用其才之道，奈何？曰奋斗而已矣。天下之事业，与夫吾人之命运，本唯不断之奋斗为能开拓之。而在社会风气腐败时，实为尤亟。质而言之，则学有所就者，不当望人之用我之学，而当思所以自用其学也。如习法政者，不空望国家之用我为官吏，而当自思所以灌输其法政智识于平民；习教育者，不必望学校之延我为教师，而当思自设一学校以振兴教育；习实业者，不必望他人之延我为工程师或总理，而当思自组织一公司以振兴实业是也。此其为事，诚不能谓非甚难，然必诚求之，亦不能谓为必不可致，畏其难而苟安焉，则是不能自用其才之证据也。不能自用其才，而又生当此不能用才之社会，则其所以自处者，不出二途。非怀实而迷邦，则入焉而与之俱化而已。入而与之俱化，固非为学者所忍言，即怀实迷邦，亦岂学人之初意耶！

吾国学生大多数，均有刻苦向学、不厌不倦之美风，颇为异邦人士所称道。即吾观诸今日中等以上之学校，而亦不容妄自菲薄也。顾其与自用其才，则实为太短，此其故。全由于社会之习尚养成之。盖当专制时代，视天下为一人所私有。士之效力于国家者，人之视之，不以为效力于国家也，而以为尽忠于一人；不以为热心于公务也，而以为萦情于爵禄。此等思想，自政治上波及于社会上，有好言兴作者，率目为自私自利之徒，而仕事者之气短矣，此其一也。科举时代士之为学，非果志于学也，志于科第而已矣。而科第之为物也，非可以必

5

得。其得之，特由于侥幸，又不幸其为技也。除弋取科第外，一无所用。不幸而不得科第，遂至无一技可以自活。故人而一应科举，则其终身之命运，遂悉坠入于茫昧之中。今科举虽废，而科举时代之积习犹存，父兄之使其子弟入学校肄业也，非望其自此遂可以自立也，姑使之肄业焉而已。子弟之承其父兄之命入学校肄业也，亦非谓自此遂可以自立也，承父兄之命姑肄业焉而已。学堂有奖励之时，其所望者为奖励，此与望弋取科第等耳。今奖励既废，求学者当以自立为鹄矣。然大多数人于此观念终属茫昧也。盖犹歧学问与自立为二事也。夫当其求学之时，既未望其所学之必有用，则当其学成之后，又安望其能自用其学乎？此其二也。社会习俗如此，则学生之不能自用其才，良亦不能尽为学生咎。然正唯社会习俗如此，而学生之不可不自用其才乃愈亟也。

程子曰："一命之士，苟心存于利物，于物必有所济。"斯言也，不独为吾人所以自效于社会之道，实亦为吾人求所以自立之方。今之学生颇有虑所学之无用，而自甘颓废者，今之社会，又有以学问为不足自立，而欲别求他途者，吾为此惧，故敢进此忠告。

（原署名：轻根。刊于《中华学生界》第一卷第九期，1915 年 9 月 25 日出版）

今后学术之趋势及学生之责任

残冬既去，阳春又来，万物熙熙，皆有向荣之象。吾其何以为学生诸君祝乎？曰：吾旷观历史，而知今后强国救民之责，在于诸君。敢以是为诸君祝，亦以是为诸君勉。

夫学术无用之物也，怀铅握椠，坐谈一室，曾不能致丝粟之利，责以有形之效，其不如曲艺微长远矣。然伊古以来，言利国福民者，终必以学术为首务。何也？曰：学术也，外观虽若无用，然语其极，则足以开物成务，辟百年之大利。且足以陶铸人心，转移风俗，于社会之精神物质两方面，所关皆至巨焉。夫国家之盛衰强弱，恒必视社会之良否以为衡。而社会之良否，则固合精神物质两方面而后定者也。旷观中外学术兴盛之国必富且强，学术衰落之国必贫且弱，而或且随以亡，岂偶然哉！管子曰："十年之计树木，百年之计树人。"其谓是乎!

吾国自周以前,其强盛盖横绝东亚。方是时,与我并立于赤县神州者,盖亦十数,而无一不为我所征服所同化。秦汉时代,席其余烈,以成外攘之业,遂巍然为一大国,立于世界。魏晋以降,土宇犹是也,人民犹是也,而国势之强弱,遂乃翻其反而。一乱于五胡,再败于辽金,而终且见盗于元清。此何故哉?曰:其原因虽多,吾则谓学术之升降,必其大者矣。

夫学术之用,非有他也,宇宙至广,品汇至繁,吾人以藐焉之躬,寄居其间,其为力蓄至微耳,四周天然之力,其足以迫害吾人者何限?吾人既欲求保其生存,克遂其发达,则必求所以制伏之,且利用之。而欲有以制伏或利用天然之力,则非深察其现象、洞明其原理者不能。此学术之所为可贵也。吾国自周以前,承学之士,劳心焦思,以考察宇宙之现象,而探索其原理者,盖亦二三千年,至于战国之际,而其术大备,使后之人能承其余绪,更加探讨焉。事物之经验既宏,原理之钩求愈审,吾国学术之发达,早已五光十色,不可思议矣。而无如自汉以降,遂日入于晦盲否塞之域也。

自汉而降,学术之迁变,略可分为四期。两汉之初,诸子百家之学初替,而一于儒。朝野经师,皆硁硁焉唯抱残守缺是务。此一时期也。典午之际,老学盛行,佛学承而入之。

8

士骛清谈，家传玄学。此又一时期也。自魏之三祖，崇尚文辞，社会向风，扇而成习。及隋炀帝，复以诗赋取士，于是辞章之学大盛，文学一科几尽夺他科之席。此又一时期也。清谈诗赋之习既穷，思一变而为有用。于是上之取士者，易而以经义论策设科，下之讲肄者，群骛于性与天道之学。此又一时期也。综其变化，盖亦多端，然可一言以蔽之，曰：无用。夫学术之职，非有他求。求以深察宇宙之现象，洞明其原理而已。今试问自汉以后，承学之士，所兀兀致力者，果能若是乎？汉儒治经，曰以致用，然考其所谓致用者，不过曰《禹贡》治河，《洪范》察变，《春秋》折狱，《诗》三百篇当谏书而已。夫今古异时，斯措施异尚，执三代之成法，而欲施之于后世，已非所闻矣。况学以参稽互证而益明，不知矛之所以攻，焉知盾之所以御？此不易之理也。今姝姝焉，暖暖焉，唯儒家之学是尊，而置诸子百家之学于不问，则诸子百家之学废，而儒家之学亦因之而晦矣。此两汉儒者，所以虽自号为通经致用，而其说卒迂疏不可行也。佛学非真寂灭之谈，老学亦非真以虚无为尚。稍治二氏之学者，类能言之，然魏晋南北朝之际，人之所以竞趋于是者，则以两汉诸儒日言制礼作乐，迂阔而不周于务，烦苛而无益于时，人心有所厌弃。且其时礼教之说，束缚人太甚，激而思变使然。以束缚操切之余，为裂冠毁冕之举，自不得不入于寂灭，流

9

于虚无矣。衮衮台省，谁执鄙吝之人；悠悠江河，空下新亭之泪。虏骑已陵城下，犹忍死以待君；匕鬯将荐新朝，乃委心而任运。神州陆沉，王夷甫辈诚不得不任其责矣。诗赋辞章之无用，人所共知，宋儒性理之学，非不精微也，然以之淑身则有余，以之济世则不足。故颜习斋讥其著述讲论之功多，实学实习之力少，兵农钱谷之不晓，工虞水火之不知。君相不得其用，天下不被其泽，则其无用，亦与佛老之学等矣。至经义策论之与诗赋帖拓，名异而实同，尤不俟论也。综观二千年来，只有古代已发明之学术，至是而放失者，诸子百家之学至汉而亡，儒家之学，实亦不能全晓，至魏晋乃并亡之矣。绝无古代未发明之学术，至是而发明者。中间虽一采取他国之学术，终以孤行无助，偏而不全，未能见诸实用，以利烝民，岂不哀哉！事物之原理，既已不明，自不能更求所以制服之、利用之之术。社会之眦窳，国势之积弱，亦无怪其然矣。

剥极则复，贞下起元，于是清代复古之学出焉。清代之学，所以胜于唐以后人者，以其能与古人直接，而不为汉以后之成说所囿。所以并胜于汉儒者，以其能以己意推求其所以然，而非如汉儒之专作留声机器及写字机器。盖学问本存于空间，不存于纸上，周以前之学术，皆求之空间，故实而有用；汉以后之学术，则求之纸上，故虚而无用也。自惠、戴、王、段之学盛，而东京之遗籍始复明。自庄、刘、龚、魏之说兴，而西京坠绪亦可睹，中间复有出其余力，以治百家诸子者，而九流之遗教，亦略可观矣。故吾国古代有用之学，实湮晦二千载，至清代而复明者也。然终有憾焉者，一则时异势殊，纵能尽明古代之学术，亦必不周于用；一则古今社会，相去太远。社会之相去既远，斯民之思想自殊，学者用力虽勤，于古人之学说终亦不能尽晓也。自欧西之学输入，而学术界之情形，乃又一大变。

今日之为学，所以异于往昔者，其荦荦大端盖有三事。昔时崇古之念太深，凡一学说，为古人所创者，不独以为不当轻议也，且以为不当置议。夫至以古人之学说为不容置议，则其耳目心思皆有所窒，而不能尽其用，而真理晦矣。今则畏神服教之念除，自由研究之风盛，知古人之学说，所为江河不废者，正以研究焉而弥见其可贵，而非不研究焉遂出于盲从。一也。发明学术，虽借灵明，而探索推求，必资事物。神州大陆，统一既二千年，盛衰治乱，常若循环，事变鲜更，承学者之心思，亦为所锢蔽。今则瀛海大通，学术为一，有异为数千年之历史，以资参证；有环球亿万里之事物，以广见闻。耳目既恢，灵明亦因之日出，且欧非美澳，进化皆后于神州。彼其事实，颇有足与吾国古籍相证明者，则不独新义环生，而旧说亦因之复活矣。二也。阴阳刚柔，相互为用，

11

形上形下，本如鸟之双翼、车之两轮，自汉以降，儒者多薄为曲艺而弗为，考工遗规，渐归废坠；制器尚象，日以凿窳；强国富民，皆虑其弗周于用。今得远西之学，引其专序，备物致用，复当方驾古初，不特有利烝民，亦用小道微言，因物质之阐明而愈显。三也。综是三者，则今人之聪明才力，虽未必远过古人，而其所遭逢，则实为古人所不逮，其所成就，亦必突过古人矣。英雄造时势，时势亦造英雄，我学生诸君，其勉之哉。

抑吾犹有一言，欲为学生诸君告者：则为学之事与利禄之念最不相容是也。今试问吾国，自汉以后，何以诸子百家之学尽废，而一于儒？曰：利禄为之也。儒家之学，何以不旋踵，复为异说所窜乱？曰：利禄为之也。隋唐而后，何以士于凡百有用之学一无所知，而唯诗赋帖拓经义论策之知？曰：利禄为之也。其间岂无一二瑰伟绝特之士，思欲探求事物而扬真理者？然举世滔滔，方沉溺于利禄，而竞趋于俗学，欲以一人之力，独挽狂澜，夫固知其难矣。故虽偶有发明，卒不能发挥光大，且不旋踵而废坠也。今者科举之制既废，在上者不复悬利禄之余，驱诱学子，叔孙胜人之诮，桓公稽古之荣，吾知免矣。然举世滔滔，方颠倒于拜金主义，其为学问害固与科举等，或其甚焉。吾为此惧，敢又以是为学生诸君告。吾从事教育十余年，凡及门之士，克自树立者，必其以学

12

问为目的，不以之为手段者也。否则始虽以为手段，终且以为目的者也。其唯做官谋馆是务者，终必不能有成。阅人者多矣，非虚言也。

（原署名：轻根。刊于《中华学生界》第二卷第一期，

1916 年 1 月 25 日出版）

沪江大学《丙寅年刊》序

乙丑之秋，予讲学于上海之沪江大学，明年夏，学生之毕业者，记其在校之事，暨学校二十年来之事，名之曰《丙寅年刊》，将授梓人，请序。序曰：凡事不唯其名唯其实。吾国之有大学，莫盛于东汉之世，游学者至三万余人，后此未之有也，然卒无救于汉之敝，而十四博士之学，且忽焉无传于后，何哉？予读荀仲豫之论，而后知其故也。仲豫之谴时人也，曰：上无明天子，下无贤诸侯，君不识是非，臣不辨黑白，取士不由乡党，考行不本阀阅，多助者为贤才，寡助者为不肖，民知富贵之可以从众为之，知名誉之可以虚哗获也，乃不修道义，不治德行，讲偶时之说，结比周之党，汲汲皇皇，无日以处，既获者贤已而遂往，羡慕者并驱而从之，遂至师无以教，弟子亦不受业。当时所谓游学之士，得毋此曹，故范蔚宗谓其章句渐疏，多以浮华相尚邪？盖自公孙弘说听乎武帝，立五经博士，为置弟子，一时执经请业者，非太常所择，则令长所上也。光武明章，好尚儒雅，下车之始，首建辟雍，功臣子孙四姓末属，亦立小学。梁后临朝，又诏大将军至六百石悉遣子入学，而金张之胄，许史之胤，始皆褒衣大祒，群集帝学矣。世禄之家，鲜克由礼，重以悠悠道路之士，其务哗世取宠固宜。外自托于被发缨冠之谊，内以便其立名徼利之私，卒致激成党锢之祸；而以东京章句之盛，亦泯焉无传于后，岂足怪哉！盖圣人智不危身，故危行而言逊，故孔子之作春秋也，定哀之间多微辞，然观于古，固可以知今。我欲托诸空言，不如见诸行事之深切著明也。秋霜降者草华落，水摇动者万物作，内乱不已，外寇间之，有东汉而后有三国，有三国而后有五胡之乱。微夫悲哉！其行事亦足以鉴矣。君子之立于世也，必明于真是非，而又有百折不挠之概，故曰：知及之，仁能守之。知及之，仁能守之，然后劫之以毁誉而不回，临之以祸福而不惧。夫然后内无愧于心，而外可以有为于天下。故曰：君子以独立不惧，遁世无闷，剥极则复，贞下起元。为之基者，则贤人君子之所以自处也。愿与诸君交勉之。武进吕思勉撰。

（原刊沪江大学《丙寅年刊》，1926 年出版）

大学杂谈

　　《年刊》将出版，主其事者，属予撰文，以述大学教员之生活。予觉其无甚足述。近数年来，大学之设则多矣，夸称之者曰最高学府；居大学者，或亦以最高学府自居矣。誉之者或亦以为学术人才之渊薮焉，毁之者则曰：是有名无实者也。誉者果得其实乎？毁者果不失其真乎？难言之矣。要以今日大学之多，无论其实如何，国中聚徒讲学者，究以大学为最高，则事实也。然则大学于中国之前途，功罪必有所尸矣。感想所及，率然述之，成若干条，以实篇幅，有意未尽，俟诸异日。

　　古之所谓大学者，与社会关系极密。《文王世子》曰："行一物而三善皆得者，唯世子而已，其齿于学之谓也。故世子齿于学。国人观之曰：'将君我而与我齿让，何也？'曰：'有父在则礼然。'然而众知父子之道矣。其二曰：'将君我而与我齿让，何也？'曰：'有君在则礼然。'然而众著于君臣之义也。其三曰：'将君我而与我齿让，何也？'曰：'长长也。'然而众知长幼之节矣。"盖古之所谓礼乐者，皆行之于众属耳目之地，故有感化之效。非如后世，君兴臣贵，揖让俯仰于庙堂之上，人民曾莫之见，莫之后闻也。古之礼乐，所以确有实用；后世之礼乐，所以徒为粉饰升平之具以此。大学尤为众所观礼之地。汉世天子幸学，则冠带缙绅之人，圜桥门而观听者，以亿万计，犹存此风。故其感化之力为尤大。故曰："乡里有齿，而老穷不遗，强不犯弱，众不暴寡。此由大学来者也。"（《祭义》）《乐记》陈治乱之数曰："强者胁弱，众者暴寡，知者诈愚，勇者苦怯，疾病不养，老幼孤独，不得其所，此大乱之道也。"以斯言为治乱之准，则三代而下，号称治平如汉唐、富强如今日之欧美，皆不可谓之不乱矣。夫三代而下之治，所以终不如三代以上者，以其国大，而官治之力有所不及，民治之义又不昌，则一切求苟安，听其自然之推迁而已。此治化之所以荒陋也。今日欲脱荒陋而进文明，厥唯民治是赖。然民治非聚集乡董村长三数辈，愚夫愚妇数十百人，所能善其事也。贾生曰："移风易俗，使天下回心而乡道，类非俗吏之所能为也。"而况于今之乡董村长乎？聚群聋不能成一聪，聚群盲不能成一明，集愚夫愚妇数十百辈，又何事之可为哉！夫俗吏乡职及愚民，何以无能为？以其无学也。乡者阶级

17

之世，以为治人者须学，治于人者不须学。故民有士农工商之分，士须学，农工商不须学。虽以官禄之劝，志为士者甚多，然乡之所谓士者，其学固不可以谓学。而况乎全国之为士者，究甚少也。今则不然，学校之所谓学者，皆可以谓之学矣。众皆知不必治人者然后须学，则为学者日多矣。故今日大学之设，几于各省有之。而江苏一省，上海一隅，则其尤多者也。此而可以无所影响于社会乎？则何以雪学无实用之讥，处士虚声之诮矣。

或曰："学所以求明理，明理而用自具焉。学也者，无所为而为之者也。深嗜笃好之士，发愤忘食，乐以忘忧，则以学终其身焉。彼亦不自知其何所为而为之也，非有所蕲也。不徒不以利其身，并不蕲其利世焉。此真为学者也。为学而以实用为的，则所志在用耳，非在学也，不可以谓之学也。且为学而学者，若无用，而其用之弘，有不可测者焉。为用而学者，若有用，而其学未有造于远大者也。学不深入，则为用不弘。中国乡者言学问必贵有用，此其所以浅薄也。"诚哉其然也。然此说也，予昔者信之甚笃焉，而今则疑焉。何则？予见夫今之学而无用者，非果为学而学。高尚其志，而不屑语于实用，无暇计及实用也。皆以是为敲门砖，苟足以敲门，斯止矣。今之敲门，固不必皆有实用。非其学高于仅足实用者，而后足以敲门也。乃其学尚不必足以实用，而已足以敲门也。于是志在敲门者，乃相率不逮乎实用之度而自画焉。而以学问之高，在明理而不在实用。自文其无用，不亦乱乎？且学问之动机有二：有出于爱好学问，情不能自已，莫知其故而为之者。此固可谓高尚矣。有出于悲悯众生，誓求学问以救之者，其为学之初意，虽主于致用，亦不得谓之卑陋也。今日之世界，果何如世界哉！岂但中国人在水深火热之中而已。虽号为富强之国，其民，亦未尝不在水深火热之中也。少数豪富之辈，执掌权势之徒，彼自鸣其得意。自大人观之，则陷溺其心，雍蔽其面，冥行而不知撗埴者也。其可悲悯愈甚，其待振救，与饥寒疾困，受压制不得自由之人同。此而可不发大心一振救之乎。少数恬淡之士，或则爱好学问，而不以世务婴其心。此等人原不当责，亦不足贵。然须知此等人极少，不待救也。不必谆谆告之曰：学问不当求实用，不当为身谋，并不必为世谋。彼亦自不求致用，不为身谋，不为世谋。若寻常人，则其学问，大抵为利禄来者也，或则为衣食计者也。此而不殷殷劝诱，勖之以悲悯众生，求学问以振救众生，转移其利己之念以利人。而口告以学不当求实用，是为药不对症。彼未能爱好学问，而忘其自利之心。先撷此语为口头禅，以掩其学不求用之实矣。是授以自文之计也，是贼之也。谓予不信，请看今日所谓学者，是如此否？

　　以知识论，今之大学毕业生，不过乡者二十左右，所谓

"初出书房门"之人。今之大学教员，则乡者三十左右，能处教读馆之人耳。其所学不同，其学问所到之程度则一也。若一为大学毕业生，一为大学教员，遂以有学问自居，则无耻矣。

曾国藩之称罗泽南曰："不忧门庭多故，而忧所学不能拔俗入圣；不耻生事之艰，而耻于无术以济天下。"凡今之为大学生者，人人皆当有此志。

今日大学中，他种学问吾不知，若以所谓国学者言之，则实为可笑。少时尝读人书院课艺，惊其博洽。问焉曰："子之学，不亦博乎？虽乾嘉老辈，何以尚焉？"其人笑而不答。固问之，乃曰："此应试之文，非著述之文。"问曰："应试之文，与著述之文何以异？"曰："著述之文，必皆心得，以为心得而著之。他日，见有言之者矣，则自毁其稿，唯恐不速。应试之文，则抄撮成说而已。"今之作千万言论文者，皆昔之应试者类也。若其抄撮果备，犹不失为好类书，可以备其检，而又不能然。

且人之为学，所难者在见人之所不见。同一书也，甲读之而见有某种材料焉，乙读之，熟视若无睹也。初读之，茫然无所得。复观之，则得新义甚多。此一关其人之天资，一视其人之学力。为学之功，全在炼成此等眼光，乃可以自有所得。而此等眼光，由日积月累而成，如长日加益而不自知。其所得者，亦由铢积寸累。未有一读书，即能贯串古今者也。故昔之用功者，只作札记，不作论文，有终身作札记，而未能成有条理系统之论文者。非不知有条理系统之足贵，其功诚不易就也。今也不然，才入大学，甚或未入大学，而已作甚大长题目之论文矣。而其所谓论文者，或随意抄撮，略无门径。或则由教师示以材料在某书某卷，使之抄撮，此则高等之抄胥耳。有此精力日力，何不写晋帖唐碑，较有益于书法。

此等论文既多，青年学子，心力之妄费者乃无限。今人最喜讲周秦诸子，然于近人论周秦诸子之作，搜阅甚勤，而于周秦诸子之原书，则并未寓目。即寓目，亦寓目而已，并未了解者甚多也。此其一端，余可类推。因唯读今人议论，而于原书始终并不熟看，故于议论之是非得失，茫然不能判别。著书问世之徒，其荒陋舛谬，遂至不可思议。今试节录今年四月十五日某报所载之演辞，以资一笑。原文曰：

> ……阳湖派的文学，专门故意弄得晦寒难懂，有人称为文选派。有宋代范宗师作的两篇文章，可以代表这派文学的性质。……近来如章太炎、刘申叔先生，这一辈人的文章，也是属于这派的。

不知记述者之误乎，抑演讲者之辞也。载诸新闻中，尚属可恕。而该报则赫然载之□□栏也。数年前，或抄石达开诗数首，侈然曰：太平天国文学之盛，除某一时代外，无与比伦。去年，有驳予释隋时之流求为今台湾者，谓隋之流求，即日本县为冲绳之流求。予即荒陋，何至并日本县为冲绳之流求而不知乎？其所驳多此类。而寒假归里，遇一青年，尚殷殷以予所言彼所驳究孰是孰非，予亦只可笑而不答而已。

又有一等人，似非全无所知，而实与全无所知等者。从前东南大学考试新生，有国学常识，题中有一条，问何谓永明体。其余所问，亦多此类。此等人不是曾否略一考查今日中学之功课，谓其全然不知，似不应聋瞽至此。然则自矜其博而已，自矜其博，便是陋也。

凡此所云，非欲历诋时人以为快，见得吾侪不可不引以为戒而已。

教会在中国办教育事业颇多，其办大学颇早。然教会所办之教育，至今为人所齿冷。何也？曰：外人之传教，始终未与中国文化融洽也。凡一国，必有其固有之文化。外来之文化，而较固有之文化为高，其人一时虽深闭固拒，稍历时日，必能舍其固有者而从之。如中国今日，于西人物质科学是。或虽不能高出其上，而程度相等，亦必能相视而笑，莫逆于心，如国人昔之于佛教，今于西人之精神科学是。若其输入数百年，徒靠外表之事业，而其教之本身，始终未有何等长处，能为人所认识，则安能强人以信从，则今之基督教是矣。基督教行于欧土，既二千年，安得一无长处。即谓其教本无所长，然此二千年中，经仁人学士之附益，其教理亦必有可观者。吾于基督教理，虽未研究，然以理度之，固可信其如是也。然今输入之基督，其高于旧行之儒、释、道三教者究何在？诚使人无以为对。教士中或不乏深明教理之人，然其传诸人者，浅薄已甚，则事实昭彰，不可掩也。职是故，信其教者，十之九皆别有所图，而其意初不在教。间有千百中之一二，笃信其教者，则其人必至愚极陋之徒。何则？今日较高之文化，随处可见，而其人瞠目无睹，犹信教士所传极浅薄之理，为至德要道，则其人之愚可知。此等人虽自信甚深，而在社会，曾不能发生效力。职是故，中国所谓基督教会者，大抵以信教而别有所图之人组织之。此等人，既以别有所图而信教，则其性质近于嗜利可知。又中国向者，上流社会之人，不甚信教。一以其时风气，排斥西教甚烈，入教有干清议。一则其人于中国文化，渐染较深，浅薄之教义，不足使其信从也。故入教者，十之八九，多非上流人士。其于中国文化，渐染不深。中国旧文化，讲道德，重交谊，以嗜利为戒。虽实际未必能不嗜利，然于讲道德重交谊两者，亦必维持一最小之限度，乃足列于士君子之林，否则至多为商贾之流耳。今之信教者，既多非士君子社会中人，其行为，自不能与士君子相合。于是众者鄙之，不以其人为足列于士君子之林。夫欲行教，必有高节懿行，高出于士君子之上，能为士大夫所师法而后可。今其人且不足厕于士大夫之列，而望其教为士大夫所信从，不亦难乎？语曰："君子之德风，小人之德草，草上之风必偃。"此非以势位言。全国中自有道德智识优秀之人，为群流所归仰。一种道德，而为此等人所信仰，自能风行全国。即或一时摧折，而其根底总在，苟遇雨露，即能滋长发荣。若徒得多数愚民之信仰，虽看似人多势众，一遇到摧折，则其亡也忽焉。此文化所以为立国之根底也。今信仰基督教者，其最大多数，既非真上流社会中人，而又多不出于藏心，而别有所为。欲其教之盛，得乎？职是故，学于教会所立之学校者，其优秀者，不过由此而得科学上之智识与技能耳。精神方面，与教会了无干涉。教会中人，自谓多立学校，可以推广宗教。不知只以推广科学耳。若其精神方面，而亦与教会发生关系，则其人已与中国社会，格格不相入矣。故教会之教育，于其宗教，直可谓无丝毫效果也。

西人之行近方，中国人之行近圆。语曰方正，亦曰圆滑。方者不必正，而究近于正；圆者不皆滑，而究近于滑。中国公务之多腐败以此。此实中国所当猛醒也。惟中国人之最高者，能以道德自律。其道德又多推勘入微，非若远西人生哲学，终不离乎务外之见，则亦非西人所及。其讲交情，虽或以此至于背公而党私，然以私人相互之间言之，亦得互相扶助之意。此亦短中之长。今之所谓洋奴者，其道德，皆商业道德，根本上

24

系为利益起见。交情既已不顾，而又未能如西人之方正。以中国之圆滑，行西人之嗜利，安得不为人所鄙弃乎？

（原刊 1928 年《光华年刊》）

研究历史的感想

诸位！今天到这里来演讲很觉惭愧，因为自己对于历史没有什么研究。贵校史地学会，办得很有成绩，出版的刊物，也很有价值，今天没有什么预备，仅随便和诸位谈谈我对于研究历史的感想，不对的地方，尚请指教。

我对于历史，从小就很喜欢，读了很多年，觉得有几种感想：中国史的材料，非常烦琐，中国旧书分经、史、子、集，汗牛充栋，单看一种，已经需要很多的时间；若没有正确的科学方法，实难希望有所成就。现在的观点，是与从前不同，史部中许多材料，在过去是必需的，现在已觉得没有多大意义，一方面撷精撷华地删去繁芜，一方面又加入其他的实物如金文、甲骨之类的史料，精确性已较从前增加，不过这种工作仍然太繁，个人精力有限，所以有人主张每人研究一门，或每门中的一件事，结果当然比较有成绩，加以科学的帮助，研究方法比从前进步，所以古代不明白的，现在已弄得很清楚了。

专门史研究的结果，只有一小部分的事迹，是非常精确的。然而这种专门研究，常把事物孤立起来了，不能把许多事物相互关连起来。历史的价值，在于了解普通的现象，仅知道某一时代的某一事情，或某一事发展的纵的经过，而把它脱离当时的社会背景，那是毫无意义的。我们应该明白当时社会的各方面，例如我们住在上海已多年了，对于上海的了解，不能用某一部分来代表全体，须知道上海社会的各方面，像各界的生活状况，工商业的现象，外国人的势力等等，如你仅知道某一方面，这仍旧不能算是已了解上海的。研究历史也是一样，仅仅专门研究一方面，那是不够的，必须还要注意到各方面的历史事迹的发展。

现在有人以为研究一门也不容易得到很好的成绩，况且近代对于历史的研究，尚不大发达，所以有人主张等到各种专门问题研究已有结果了，再把它综合起来。可是这也仅可作是一种理由，我们能不能等这样一个时代，这是绝大的问题。世界上有许多事，是不能有所谓"等一等"的。好像住房子，我们不能因好的没有造成，暂时等一年半年，这是不可能的。在新房子未完工前，简陋一点的茅草屋，也是必要的。研究历史也是这样。我们要研究一个专门问题，须先了解全体的现象，明了整个的情形，也就是须先具有普遍的历史知识，然后对于各个问题的相互关系，方才有法子了解，否则仍是没有方法研究。

我们想要知道历史普通的事实，也是一件难事，中国史书这样的多，不知道从何读起。研究的人，往往因见解不同，取材的标准，自然有很大的差异。清代以前的人，对于材料的选择，只知道模仿古代。因此形成一种填表式的情形。所以中国虽有许多历史书，仍是非常杂乱，没有系统，阅读的人，仍苦得不到一个概念。于是现在有许多人专门提出研究方法。如果专门讨论这个问题，对于研究历史只是在第一步有相当帮助，实际心得的获得，尚须各人的努力如何。我们仅记着历史上零碎片段的事实，最多成功一个书橱。况且我们人总要死的，用这种方法研究历史，也不很对。古人说读书好像串铜钱，片段的知识，即如一个个的散钱，欲想知识弄得有条理，须用绳将所有铜钱串起来。可是绳总有方法向人家求得，而整理知识的方法，就很难求得，每个人用了绝大的精力时间，才有相当的把握。这种把握就是读历史的见解。我们现在不能用中小学的读历史方法来研究的，那时因所读的教科书很单纯，自然不会感到困难，我们现在要读的太多，如果各人不自有一种标准去评量，简直无从读起。不过这种标准尽可因各人不同，甲认为有意义的，乙未必附议，总之我们自己总得有个主意。

古人对于这问题，有人主张读几门，有人主张专一门。不过这种见解，他们自己至少对于历史已有相当的程度，假使自己对于历史毫无概念，将如何去研究呢？将怎样去读书呢？如果有人说这个问题别人不能代为解决，须得自己去想法，这实在也对不起所问的人，总应该有一个比较圆满或勉强可以帮助别人的方法，于是有人从历史的应用问题去做标准。但是历史究竟有什么用处？古人说是"前车之鉴"，使你现在所做的事情，有一个努力的方向，可是仔细想一想，也不很对，世界上除了极愚笨的人以外，绝没有死板地模仿古人的，因社会的现象时时刻刻在那里改变，世界上绝无二件完全相同的事，也没有重演的历史，所以说历史是"前车之鉴"也是错误的。

有人以为人在社会上做事，好像演员在舞台上做戏。当然，演员与舞台有密切的关系。许多人批评中国旧剧在未做前大打锣鼓，震耳欲聋，太不合理；他们不了解中国戏从前是在乡下做的，地旷人众，不买票，完全是为公众的娱乐，要使别人知道什么地方演戏，自然非敲锣打鼓不可，把这种情形拿到上海舞台上来，自然是不适当了。我们人做事也是这样，历史上汉代韩信用"背水阵"，结果打退了敌人，若照兵法上说，这实在是很大的问题，他告诉别人用这种方法的原因，因为军队都是乌合之众，并不能真心为己作战。所以只好"驱市人而战之"，把他们置诸死地而后生。可是明朝平倭寇的大将戚继光在他的《练兵纪实》中，不主驱市人而战，行险侥幸；却主苦心操演，后来才成精兵，抵御倭寇，边境粗安。他们二人结果虽都告成功，可是所用的方法完全不同，这由于他们所处的社会根本不同。韩信的时代，人民皆兵，自然可以"驱市人而战之"，戚继光的时候，边兵多为专家，假使不训练人民，叫他们怎样去打仗呢？所以他们研究历史的事迹，须了解当时的社会现象，离开了社会，往往会使许多事实毫无意义，并且无法解决。

我们对于社会的特殊事情，像共产党与国民党的关系，中国与日本的关系，现在的了解，常不及将来的人明白，可是一般的社会事情，以当时的人了解得最清楚。况且历史上的现象，都是大同小异的，如中国的教徒为吃饭，西洋的教徒也为吃饭，但他们的人生观绝不相同。我们研究历史的注意点，就是要发现他的小异。如从前没有摩托车、梅毒、天痘，从前的外交家为什么不会用现在的方法，就是因社会的景象完全改变了，我们研究历史就应该注意这方面，所谓"得闲而入"就是这个意思。我们应该要处处留意两个问题的小异，这才是正确的方法。

今天所讲的话，比较是抽象的，因为时间的限制，不能用实例来证明，不对的地方，请诸位指教。

（本文原系吕先生在大夏大学的演讲，由吕燮文记录，
原刊1937年4月出版的大夏大学
史地学会双月刊《新史地》）

宦　学　篇

古以宦学连称，亦以仕学并举。《礼记》言"宦学事师，非礼不亲"《礼记·曲礼》。《论语》言"仕而优则学，学而优则仕"《子张》。是也。宦者学习，仕者任事，《史记·留侯世家》言"良年少，未宦事韩"。事即仕也。然宦学二者，又自殊途，学于学庠，宦于官署，所学各不相干。古学校不能谓无其物，然迄未闻有一人焉卒业于学校，进身于仕途，或则出其在校所学以致用者，由此。盖古之学校，其初实神教之府。春秋教以礼乐，礼者，事神之仪；乐者，娱神之乐。冬夏教以诗书，诗者，乐之歌辞；书者，教中故籍也。故太学、清庙、明堂，异名同物。出征执有罪，反释奠于学，非文事武事相干，释奠于明堂之神也。尊师重道，执酱而馈，执爵而酳，北面请益而弗臣，非知重学问，尊教中之老宿也。然则古学校中，初无致用

32

之学，所有者，则幽深玄远之哲学耳。《礼记·学记》曰："君子如欲化民成俗，其必由学乎？"又曰："古之王者，建国君民，教学为先。"又曰："君子以大德不官，大道不器。"此即《汉志》所称道家为君人南面之学，其说略存于《老子》《管子》书中，皆哲学与神教相杂者也。墨子最重实用，而辩学之剖析微芒者反存于《墨经》中，以其学出于史角，史角明于效庙之礼故也。切于实用之学，则从官署之中，孕育而出。《汉志》所推九流之学，出于王官是也。九流之家，固多兼通古之神教哲学，然特以此润饰其任事之术，其缘起固判然不同，任职官署之人，尤未必通知九流之学，观九流为私家之学，浸且为始皇所禁，而令欲学法令者以吏为师可知也。秦始皇曰："吾前收天下书不中用者尽去之，悉召文学方术士甚众，欲以兴太平，方士欲练以求奇药。"兴太平指文学士言，此博士之流，始皇所与共图天下者，然特谟议于庙堂之上而已。奉行法令者，不求其有所知也。降逮汉初犹是如此。

行法者贵能通知法意，尤贵能得法外意。能知法意，则奉行可以尽善；能得法外意，则并可知法之弊而筹改革之方矣。欲通知法意，非深通其所事之科之学不可；欲能得法外意，则必兼通他科之学；故宦学合一，实学术之一进化，亦政治之一进化也。宦学之合一，其自汉置博士弟子许其入官始乎？史称公卿大夫士吏，多文学彬彬之士，即美其非仅通当代法令而已也。中国历代选举之途甚多，政府之所最重者，为学校、科举两途，所可惜者，学校这所肄，科举之所试，皆非当官之所务。致学校科举出身之人，其习于事，反不如异途，而亦并不能通知其意耳。

昔日之教育，皆所以教治人之人者也。而学校之所肄，科举之所试，皆非当官之所务，何邪？此其故，一当求之法制之沿革，一则由于事实之迁流也。汉世博士弟子，其所学者，原不如法吏之切于用；然汉世去古近，儒家之学，可径措之于事者，尚不乏焉，经义折狱，即其一端也。是时法次甚简，折狱根据习惯若条理者颇多，经义亦习惯若条理之一端，非违法也。降逮后世，社会情形，去古愈远，通经渐不能致用，而考试之法，则犹沿汉代诸生试家法之旧焉，后汉左雄所创。是为唐时之明经。当时高才博学，足以经国理民者，本有秀才科可应，以其大难，能应者寡，后不复举，而俗尚舞章，进士遂为举世所重焉。其科始创于隋，试诗赋，盖炀帝好浮华为之。然度炀帝初意，亦非谓工诗赋者可以经国理民，非如汉灵帝之鸿都，集玩弄之臣，则如唐玄宗之翰林，求书记之选耳；而后遂以辨官才使膺民社，则法制之流失也。历代法制，变迁而失初意者，固多如此。又儒术盛行之世，尊之者，信为包罗事理，囊括古今，通于是者，即可以应付一切；而欲应付一切者，亦皆不可不通于是，此则学校科举之偏重经义，始于宋，盛于元，而大

34

成于明者之所由来也。一时代必有一时代所特尊之学，原不足追古人，惟通于其理者，亦必留于事而后可以应用。而向者学校、科举所求，于能通其理外，事遂一无所习；而其所谓理者，亦实非其理，至自此出身之人，成为一物不知之士，此又法制之流失，浸失其初意也。

清季有老于仕途者，尝语人曰："官非予之所能为，衙门之所为也。"人问其说，答曰："须策书之事，则有幕友焉；循例而行之事，则有吏胥焉。予何为哉，坐啸画诺而已矣！设无幕友吏胥，予固不能办其事也。"闻者笑其尸位，其实无足笑也。当官而行，不能不据法令；法令至繁，非专门肄习者，不能深悉。向者亲民之官莫如州县，幕友则有刑名、钱谷之司，不能相摄；吏则如六部之分科焉，非好为之，不得已也，所可诧者，则官之一无所知耳。论者深恶官场办事，循名而不责实，一切集矢于吏，清季遂欲一举而尽去之。岂不知循名而不责实，乃社会风气，彼此以文法相诛，而不以真诚相之咎，非行政事者之失。苟政事而不循文法，民益将无所措手足，何则？今日如此者，明日可以如彼，甲地如此者，乙地可以如彼也。故乡者幕友吏胥，各专其职，其事实不容已，亦不可非。所不足者，彼幕友吏胥皆无学问，又或父子相继，或者师友交私，朋比把持，使才智之上，无途以自奋，亦且明知其作奸犯科，欲去之而不得耳。

今者用人之法一变。凡事皆用学校出身之人，此为选法之又一进化。盖出身学校，则不徒习于其事，亦必明于其理。又学校之所肄者，必不止一科，专门之教，先以普通，正科之外，又有辅助，则其人可以多所通晓，而眼光不为一事所拘，合于吾所谓通知法意，并能得法外之意者矣。然一机关之中，必有所特有之事，若其办事之法，与他机关不同者，学校之所教，仅能得其大致，不能并其纤悉者而尽教之也，则必入其机关而后能肄习焉。故明世之监生历事、进士观政，实为良法，惜乎其实之不克举也。今之论者，每咎学校之所学，不能致用，而办事者亦以切于日用自矜，此乃浅之乎视学校者。果但以实用而已，则曷不招若干人，教以粗浅办事之法，如商肆之招学徒乎！故今者学校毕业生，出而任事，仍须别受训练，或事肄习，初不足为学校之耻。所可耻者，转在毕业学校于学仍无所知耳。故学校以求其理，机关以习其事，二者并施诸一人，然后其人为可用，与昔之徒习于事即可致用者不同。此学术与政治之进化，而求其理与习其事，比分于两种机关中求之，此又分工之道然也，皆不足以为病。凡用人之地，求学生之优于学者，宽其练习之岁月，而使之习于事焉。学校则务求其学生之优于学，使其出而任事，与寻常人之仅习于事者不同，则做人之与用人，两得之矣。

昔宋苏轼尝以京东西、河北、河东、陕西五路，为自古豪杰之场，其人不能治声律，读经义，以与吴楚闽蜀之人争得失于毫厘之间，而愿其君特为五路之士，别开仕进之门。夫人之善于某，不善于某，亦视其教之何如耳。苏氏所谓长于声律经义之吴楚闽蜀，其在先世，非朴塞无文，欲求学问，必游京雒者邪？故今之教育选举，无所谓某地之人宜于其事，某地之人不宜某学也，一概施之可矣。独至沦陷区域，则吾谓于普通教育选举之法以外，不可不别筹教之、取之之方。今者虽考试，应试者大都出身学校之人，法令即或不拘，其实非出身学校者仍寡，盖重视学校之风气使之然也。必先历学校，然后得应试，以防其袭取于一朝，虽以学校教之，又必甄别之以试验，以防其有名无实，此盖自宋世范仲淹以来之所力求。至明，立学校储才以待科举之法，然后大成者，袭其遗规，岂不甚善。然明虽立此法，学校实徒有其名，何邪？盖一种学问之初兴也，能之者不多，所被之区亦不广，欲求其学者，不得不走千里，就其人之所在而师之。如汉世文翁、尹珍等身求学，或遣人就学，不得不赴京师是也。及其既已广布，则不然也。明世，四书五经之书，程朱之说，盖虽乡僻之地，亦有能知之者，何必求之国家所设之学官也。此其所以博士倚席，朋徒息散，虽有学校之官，仅存释奠之礼，而人亦徒以为孔子之庙也。今之学术，有来自异域者，或非负笈海外，不能致其精，况于乡僻之地？此学校之所以为亟。然学有必求诸通都大邑

37

者，有不然者，大率专精深造，以图书仪器之不备，切磋启发之无人，乡僻之地，较难为力。顾亦有不尽然者，况于中学以下之所教邪？今者沦陷之区，虽仅沿铁路及江河城邑，然皆向者文教之所萃也，学子之所走集也，安得敌人不于此设立其所谓学校？安保我国无志节若失职饥寒之士不为所用？又安保欲就学者困于无门，不暂入其中邪？然志节皎然之士，留滞沦陷区之学问足以启迪后生，且激励其志节者，必不乏也。苦在沦陷区中，不能公然立校，若私家教授，则法令又不许其生徒与学校毕业者等耳。然今者沦陷区域，我国岂能设立学校哉？不能设立学校，而听其民之失散，不可也。使其人虽有才智，而别无可以自效之途，尤不可也。苏氏不云乎，夫惟忠孝礼义之士，虽不得志，不失为君子。若德不足而才有余者，困于无门，则无所不至矣。虽今者民族主义益昌，士之北走胡、南走越者，必非前世之比，然亦安保遂无其人乎？纵谓无其人，而使之失教而无以自奋，亦终非国家之所宜出也。故予谓今者，凡沦陷之地，或时陷时复之地，宜变通学校选举之法，其人能应试验，与学校毕业生徒相等者，即视同学校毕业生，能应他种试验者，虽无学校毕业资格，皆许之。唯曾入敌所立学校，应敌设试验，若任伪职者不得与，虽故有资格者，亦皆夺之。如是，则敌不能以奴隶教育蛊诱吾民，而我国志节之士，于艰辛蒙难之中，尽其牖启后进之职者必多，而凡民之心，亦愈得所维系矣。

此法不徒可施之沦陷之区也，即普施之于全国，亦有益而无损，何则？求学问者既不必于学校，则得学问于学校之外者，国家本不宜歧视也。不宁唯是，凡用人者，必求其忠诚而寡欲。何谓忠诚？凡事省视为真，不视为伪，因之其办事也，必求实际，不饰虚文是矣。何谓寡欲？不为纷华靡丽所惑是矣。不为纷华靡丽所惑，则俭，俭则易生活，不易以贿败。不为纷华靡丽所惑，则强力，强力，然后可以趋事趋功也。故曰：枨也欲，焉得刚。《论语·公冶长》。此二者，求之乡僻之地，贫苦之士，耕农之民易；求之都会之地，商贾仕宦之家难。今日能任较要之职者，必中学毕业之士，高级中学已非中人子弟不易毕业，大学尤甚焉，学于国外尤甚焉。其所毕业之学校愈高，其任之愈重，其学识技艺，较之受教育浅者，岂无一日之长，然其人之质，以视乡僻之地，贫苦之家，则有难言之者矣。求大木者必于深山穷谷，不于大都之郊，求士者岂不然哉？求之于骄奢淫靡之邦，浮夸巧伪之地，然后严保任以防其贿，峻督责以惩其惰，不亦劳而少功乎？近数十年来，社会风气之颓唐，国家官方之根坏，原因虽多，所用之士，多出通都大邑之地，商贾仕宦之家，盖其一端也。起白屋而致青云，为国家尽搜遗举佚之功，即为社会严去腐生新之用，此不得不令人追思向者之科举，有优于今日之学校者在也。

今日考试之法，亦宜加以改革，凡考试，有欲觇其才识志气者，有欲觇其办事之技者，平时之所学，既以明理为重，事则待其躬临办事之地而后习焉，则试题亦宜此觇其才识志气者为主。今日各种试验题，大之文官考试，小之学校毕业，多偏责其记忆，甚者非熟诵其文，即不能对，此唐人试帖经墨义之法。焚香看进士，瞑目待明经，昔日早讥其无所取材矣。故试题宜以理为主。然理亦不能离事而明。今日所试科目，视昔为繁，一一记忆大要，已属不易。尝见中学生徒，预备毕业试验者矣，举数年之所学，而悉温习之于一时，几于废寝忘食，究其所得，数学背诵公式，历史、地理强记人名地名而已，于学识乎何益？况强记之，亦未有不历时而忘者也。谓宜参取朱子贡举之议，各科之学，许其分年应试，一科及格，即给证书，至所应试之科皆备，然后许其与某级学校毕业程度相当焉。如是，不徒便于肄习，亦且便于求师，何则？师不能各科之学皆通，乡僻之地，不能各科之师皆备。如是，则亦可分年分地以求之也。即学校毕业试验，亦只当与平时考试同。不宜举数年所习，悉责之于一旦，以理既明于前，不虑其昧于后，事则未有能历久记者也。若云，每一科之学，必有一经肄业，即能永久记忆，不劳温习者也，则其程度大浅，又何取乎其试之邪？

（原刊《中国青年》第一卷第六期，1939 年出版）

史 学 杂 论

　　《兼明月刊》将出版，其主事者属予撰文，启示初学读史之法，殊觉无从说起。无已，姑就意想所及，拉杂书之，如所积遂多，当再删正序次也。二十八年四月十二日，诚之自识。

　　小时读康南海《桂学答问》，尝见其劝人读正史，谓既不难读，卷帙实亦无多，不过数年，可以竣事。倘能毕此，则所见者广，海涵地负，何所不能乎？当时读书之精神，为之一壮。及近年，复见章太炎在上海各大学教职员联合会之讲演稿，二十二年五月。谓正史大概每小时可读一卷。史乘之精要者，不过三四千卷，三年之间，可以竣事。其言与南海如出一辙。太炎弟子诸君祖耿，复详记太炎之言曰："史书

41

文义平易，每日以三点钟之功，足阅两卷有余。二十四史三千二百三十九卷，日读两卷，四年可了。即不全阅，先读四史，继以正、续《通鉴》《明通鉴》。三书合计，不过千卷，一日两卷，五百日可了。不到十七个月，纪事之书毕矣。欲知典章制度，有《通考》在。三通考除去冗散，不过四五百卷。一日两卷，二百余日可了，为时仅须八月。地理书本不多，《元和郡县志》《元丰九域志》、明清《一统志》大致已具。顾氏《读史方舆纪要》，最为精审，不可不读，合计不盈五百卷。半年内外可毕。《历代名臣奏议》，都六百卷。文字流畅，易于阅读。一日两卷，不过十月。他如《郡国利病书》《清史稿》等，需时亦无多。总计记事之书，需时年半；典章之书，需时八月；地理之书，需时半年；奏议之书，需时十月。以三年半程功，即可通贯，诸君何惮而不为此乎？"则其言弥详，而其程功弥易矣。然为今人言，又有稍异于此者。盖昔之读书者，大抵从四子五经入手，早则成童，迟则弱冠，文义必已通晓。以读古书，并无扞格。所苦者不读耳。故二君以易读之说进，且逆料其成功颇速。若今之学者，则少时所读，率皆浅俗之文。即或阅读古文，亦必择其甚浅者。所读既少，致力又复不深。苟非天才卓绝，爱好文艺者，虽属大学毕业之年，于故书雅记，尚多格格不入，读之既苦其难，遂尔束置高阁，阁置既久，则时过后学，益复无从问津矣。此今之学者，所以于国故多疏，有如章君所叹：《纲鉴易知录》在昔学者鄙为兔园册子，今则能读者已为通人也。夫其读之既苦其难，则其程功必不如二君所言之易矣。然不讲学问则已，苟讲学问，元书必不可不读，必不能仅读学校教师之讲义，及书局所编之书为已足也。旧时私塾，有禁例焉，曰：不可以塾师之文授学生。且丁宁之曰：无论不佳，佳亦不可。昔尝不解所谓，由今思之，乃恍然矣。语曰：取法乎上，仅得其中，取法乎中，不免为下。再生不获，再酝必薄，学者所习，与其师同，知侔于师者，成就自可不让其师，若唯其师之所为是肄，则虽知过其师，其所成就，或有不逮其师者矣。学者之读书，犹受教于著书之人也。所求教者，必为第一流人，是为取法乎上。第一流人，古今有限，安得吾所师者而适逢其人？即逢其人矣，其教我也，以我为初学也，必释其难通者，而取其易知者焉。如是，日闻其人之言，无不相说以解也，而岂知其高深之论，吾实未尝有闻焉乎。若夫著述之业则不然。彼方罄其孤怀宏识，而欲以传诸其人，故必多精深微眇之论。此又今日书局编纂之书所由不可与名人著述同年而语也。今之言教育者曰："学问之道，深矣，博矣，吾所授者，能得几何？抑岂足道？然撷其精要，以授生徒，使以仅少之功，获知一学之要，此教授之所以为贵也。"斯固然也。然以施诸但求常

43

识之人则有功，若以施诸研求学问之人则不足。何也？此固不足以为学问也。故欲讲学问，元书必不可以不读也。史部元书，如康、章二君所言者，要矣，其指示程功之途，亦可谓切矣。然今学校生徒，既因国文程度稍差，读书较难，而其程功不如二君所亿计之易，则其入手之方，必有较二君所言更简者，乃觉其便于遵循。于此，吾以为有四种书，尤为切要焉。首宜读正、续《通鉴》《明通鉴》，盖历朝之治乱兴亡，必先知其大概，然后他事乃可进求也。次则三《通考》，宜读田赋、钱币、户口、职役、征榷、市籴、国用、学校、选举、职官、兵、刑十二门，余从缓。此所以知典制之大纲，而民生之情形，亦可窥其大略焉。次则《方舆纪要》，注意其论述形势处，山川及都邑遗址等可勿深考，如是则甚易读，以所当注意者，皆在省府之下，县以下但须浏览也。次则四史。正史材料大割裂，不易读。所可贵者，材料多，较诸杂史等又较可信也。然非略有门径之人，实不能读，强读之亦无益。惟四史关涉甚多，即非专治史学之人亦宜读，欲治史者，则正可于此求读正史之门径也。故此四者，读之宜较精，此四类书既毕，读史自可略有门径，不至茫无头绪矣。凡国文程度已高，能读故书雅记者，读此等书，固毫不费力。即不然者，于此等书，但能切实阅读，亦正可裨益国文。欲求国文程度之高，本非选读若干篇集部之文，所能有济也。初学读书如略地，务求其速，不厌其粗，不能省记，皆不为害。如此，则即国文程度较差者从事于此，亦必无甚为难也。

(写于 1939 年 4 月 12 日，原刊《兼明月刊》创刊号，

1939 年 5 月 15 日出版)

论学术的进步

学术，岂是区区一两年间，所能说得出其进步的？何况在这变乱的时代？然而学术的成就，虽不是短时期的事，学术方向的转变，则往往是导源于短时期中的。后人继之迈进，其成绩就非始愿所及了。燎原始于星火，大江源于滥觞，惊天动地的事业，其根源，总只是一个方向的转变。古人论旋机玉衡道："其机甚微，而所动者大。"正是这个道理。

学术是在空间的，不是在纸上的。然其流失，则往往限于纸上的。学术至此，就要停滞不进了。为什么学术会限于纸上呢？这因人类的做事，恒有其惰力性。前人既有所发明，当不受环境逼迫之时，就率由旧章，就不肯再向别一条路上想了。固然，纸上的学术，原是从空间来的。然而（一）宇宙间现象无穷，偏于纸上，所研究的，就不能出于昔人所搜集的材料以外。（二）前人设有误谬，就不易加以矫正。（三）学术没有纯客观的，前人之所叙述，无论如何忠实，总不免羼杂些主观。后人于利用材料之时，受其暗示，其心思就不容易想到别一条路上去。（四）而且前人从空间搜集材料，其观察是深切的，后人求之于纸上，其程功就为容易，其心思，遂不能如前人的深入，甚有并前人的意见而亦不能了解的，学术至此，自然要停滞不进了。

宇宙之间，可供研究的现象，大别言之，不外乎自然与社会两端。我国自古以来，轻视自然现象，不甚加以探讨，至于社会现象，则因几千年来，事势无急剧的改变，研究者的思想，总不免为前人成说所囿。世事业经大异，而我们所以解释之，应付之者，大体上还是相传的旧观念。这是学术思想停滞不进的大原因。自和欧化接触以来，我们向不注意的自然现象，他们乃穷加探讨，而做成了惊天动地的大事业。其社会现象，自然不能与我国尽同，根据之研究所得的结果，自亦不能无异。因其所用材料的广博：（一）史前史的发现，（二）蛮人风俗的研究，（三）工业资本发达以后及于社会组织的影响，都是我国谈社会科学的人所不知道的。且借助于研究自然科学的方法之故，其精密又非吾人所能逮，我国受其刺激，学术就渐起变化了。但是欧美的学术，不是短时间能尽量输入的，而我国固有的学术，确亦说得上精深丰富。凡事有其所固有的，总不能本无所有的，易于舍己而从人。所以欧化的东来，还不能大革我们学术偏于纸上的积习。洋八股的讥评，实由此而来。直到现在，非常的局势，逼迫着我们，才开始走上一条新途径。

自然科学，诚然不是以应用为目的的，然未尝不可由应用之途引入。若不讲应用，则除非生来有兴趣，而又有适于研究环境的人，方能加以研究。我国现在，这样的人是不多的，因向来不重视此学，所以空气不甚浓厚，能引起人兴趣的机会较少。一个天才，很少是单方面的，往往能对好几方面，同时能感觉兴趣，这一方面空气较稀薄，就转到别一方面去了，这是我国现在，研究自然科学者，毕竟不如研究社会科学或文艺者兴盛的一因。而虽有兴趣，而没有研究的设备，迫之使不得转入他途，亦是其一因。到艰困的物质环境，迫使我不得不向自然界讨生活时，情形就大变了。徐中玉先生《考察西南学术界的感想（上篇）》中说："我国近年来，在实科上，能有所发明、发现，使国家获得生产和节流之利者颇多。"见十月二十四、二十五日《中美日报》。我们蛰居孤岛，固无由知其详。然如煤炭代油炉的发明，本年三月间，曾在陪都交通人员训练所的车场，加以试验，其成绩殊为满意。又如某种食品的发明，用若干种原料混合制成，能使其价廉而营养仍无妨碍。此项食物的发明，据报载共有四种，其中三种，尝味亦颇佳良，只一种稍逊。又据某生物学家告我：近两年来，对于除去桐树害虫的方法，有不少的发明，只可惜没有大资本，未能尽量举办。这些，就我所知道的，亦足以窥豹一斑。固然这些不就算做科学，然而研究科学的门径，是可以此而开的，广大的内地，向来未被注意的自然现象何限？时代的鞭策和鼓励，驱使着我们向研究之路进行，程功既久，积多数之发现、发明，自然会有纯正科学上的新收获，这是理可预决的。

至于社会科学，则我国几千年来，本来是很注重的，其所有的成绩，亦不能不谓之精深丰富，然前人之所发明，有一点，很不适宜于今日的，即今日的事势，无论其在国家民族求御侮自立方面，或社会企求进步方面，都要全体动员，而旧日的文化，却总是以治者阶级支配被治者阶级的。元始的政治，总是民主的，这时候所谓政务，就是社会的公共事务，利害既无矛盾，凡有意见，总是全体一致，多数法只是文明社会之法，野蛮社会的议事，往往是要全体一致，然后能通过的。凡有动作，亦必全体尽力，假使以今日，其实当远在今日以前，团体范围之广，物质凭借之丰，而社会还有如此良好的组织，人类做事的力量，不知要增加若干倍，其所享之幸福，自亦不知要增加到若干倍。无如团体的范围渐广，物质的凭借渐丰，社会的组织却随之而变坏了，内部的矛盾既日益深刻，应付某种事件，就只有某一阶级人感着必要，其余大多数人对之都无热心。然以一阶级人而应付一种事件，其力量总是感觉不够的，于是不得不求所以驱使大多数人之术。几千年来，政治上所谓前驱势迫，所谓智取行驭，无非是一阶级人驱使大多数人的手段。然而勉强的事情，总是勉强的，任你用何手段，总发挥不出多大的力量，甚至还要引起别的问题。这是从坏一方面说。从好一方面说，确亦有民胞物与的仁人，想把社会改革，使之臻于上理的，然自阶级对立以来，治者阶级和被治者阶级，所处的地位既属不同，所受的教育亦复互异，阶级的偏见障碍着真理。不知道气质之殊由于环境之异，误以为人生而有智愚贤不肖之不同，愚者不肖者是不能自谋的，非借贤者智者为之代谋不可，于是不教导被治阶级使之明白，策励被治阶级使之自动，而一切操刀代斫。殊不知真正的智愚贤不肖，不限于阶级的，少数的上智，治者阶级和被治阶级中都有其人。论其大多数，亦不论哪一个阶级，都是中人，这是生物学上的事实。在生物学上，上智和下愚，同为变态，唯中材是常态。中人而期其为上智之事，就善者不过坐啸画诺，不善者并将作威作福，利用其地位以谋自利了。自封建制度废绝以后，所谓政治，是握在官僚手中的，普通人闻说官僚二字，都以为是指做官的人，其实不然。一个人是做不成功什么事情的，而且以旧日情形论，做官的人，大抵不会办事，真正办事的人，倒是辅助他的人。其中又分为：（一）有高等知识技术的，此种人可称为幕僚。（二）办例行公事的，这种人谓之胥吏。（三）供奔走使令的，其人谓之衙役。除此之外，还有从好一方面说，则为官之辅助，从坏一方面说，则是与官相勾结，狼狈为奸的，此即所谓士绅。合这许多人，乃成为一官僚阶级。官僚阶级中，固然亦有好人，想替人民图谋福利，解除痛苦的，然这总只是少数，其大多数，总是以自己的身家为本位的。从前的制度，既使其不得不法外营求，禄薄和地位无保障。又无严密的监察制度，以随其后，那就中人也不免要多要钱，少做事了，何况其本为贪暴者呢？如此，无论怎样的良法美意，都可以贻害于民，王莽、王安石等所以被人诟病者以此。少数处于监督地位的人，既然力有所不及，自然只好一事不办，这是中国的政治，陷于消极的真原因。至于人民，则因其日受剥削，凡才智之士，都为自己的地位起见，竭力夤缘，升入官僚阶级中。非必蝇营狗苟，暮夜乞怜，放开眼光观之，发愤读书以求上进等亦尝属于此。而平民社会，遂日贫日弱，百事皆废弛而不举。这又是中国社会，所以凡事皆废弛的真原因。中国社会是静的，而现在的局势，要动才能应付，这是中国所以贫弱的真原因。积习是非受到相当的压力，不能改变的，正和静止的物体，不加以外力不能动一样。外力是压迫，足以推动全社会，而涤除其死气的，是什么呢？那便是民族的存亡问题。现代的社会，我们断不能讳言，说其内部都没有矛盾，只有到民族存亡问题临头时，利害才会

51

趋于一致。所以这几年来，我们谈政治和社会问题的人，也渐渐地鞭辟近里。譬如川康视察团，在去年所作成的报告，对于自然的利用方面，固然多有建议，对于政治及社会方面，痛切的建议也很多，我国的社会现象，本来不能与各国尽同的，近年来尤为显著。如因战事伤亡之多，而全国的意志，一致坚强不屈；国际收支，在战前本处逆势，而战后反能保其平衡；以及法币的受到多方面的迫害，而仍屹然特立等，凡此，都有非己发明的学说，所能完全解释的。近来对这些问题加意研究的，亦非无其人，虽其所论著，不敢据为定论，然社会现象，有出于前人所注意的以外，亦正和自然界有新发现的资料一般，有此新刺激，其成绩，亦是可以预期的了。

燎原起于星火，大江源于滥觞，其机甚微，而所动者大，我们愿珍视这机缄，以预卜将来的成就。

（原刊 1941 年《中美日报》堡垒副刊第一一三期）

中国人为什么崇古

崇古，这是中国人近数十年来，最受人谴责的一端。他们以为一崇古，则凡事都看得今不如古，不肯改良，没有进步了。中西交通以来，西人的进步，一日千里，我们却迟滞不进，以致民贫国弱；今者虽遭遇时会，号称五强之一，仍不免虚有其名；其主要的原因，实在于此。

这话乍听似乎有理，细思其实不然，中国人虽然开口尧舜，闭口三代，把古代看得似乎是一个高不可攀的境界，然亦不过在口头上成为习惯而已。古代的发明，一切不如后世，中国人也未尝不知。不然，草昧、榛狉等字眼，何以常常会被人使用呢？若说从前的人，以为文明反不如野蛮，则翻遍旧书，并无其事。试看变茹毛饮血为火食，易巢居穴处为宫室，无不受人称道可知，至于近代中西交通之初，何以盲目排斥，明知

53

人家之长而不肯仿效，则实别有其原因：（一）由闭塞的民族，往往有一种莫名其妙的排外感情，这实非中国人所独有；（二）宗教是最富于排外性的，不幸西方传来的基督教，又和我国的风俗，多不相容；（三）中国人自古以来，最怕的是海寇。因为中国人的事业，在陆不在海，虽亦有一部分人，冒险航行海外，然大多数人，鉴于海外的情形，是茫昧的。陆路上的寇盗，无论如何强悍，我们总还能知其根据之所在，因而明白其真相，海寇就不然了。而西人来叩关之时，又和明代倭寇的骚扰，紧相衔接。再者，中国历代，在军事上，虽或因他种弱点，以致败北，然以军械论，则总较外国为优良，至近世，则西人的船坚炮利，转非我们所及，自然要更深畏忌了。这都是西力东侵的初期，中国人所以深闭固拒，对于外情，不愿考究，以致无从仿效的原因。然这亦只是处于无责任的地位，徒凭感情立论，不去考察实际情形者为然。至于身当交涉之衡，和外国有接触的人，则除少数特别愚昧者外，亦并非无理由的顽固。不过他们以为：（一）船舰枪炮等，究不过械器之末，倘使人心振奋，政治修明，这些事都不难学得，并非根本问题。（二）而且他们也有他们的御敌方法，如谓与其作战于海，不如诱敌登陆；与其以大船作战于外洋，不如以小船邀袭于近海；又或讲究避弹之术，以及不待枪炮，亦能制胜之法等都是。这些见解，固然不免误谬，亦不能谓其绝无理由，当咸丰戊午、庚申两役，继鸦片战争相逼而来之时，中国正忙于内战，自无暇为御侮之计，然到内乱一停，所谓中国将帅，如曾国藩、李鸿章等，亦即急急乎练新军，设制造局，造船厂等，其反应亦不可谓不速。至其未能收效，则因是时之朝局，正走着下坡路；而中国社会，亦因地广人众；内地闭塞之区，又和海疆相隔太远；又几千年来，迄自视为世界第一大而文明之国，自负太深；一时不易感觉根本改革之必要，实亦无足深怪，谓其由于崇古，以至不能改革，实在是风马牛不相及的。

然则中国人究竟有没有崇古之弊呢？有的，不过其真相并非如一般人所说罢了。中国人并没有说汉胜于唐，亦没有说唐胜于宋。有时候称赞汉人，则必说"汉治近古"。然则中国人之所谓古，是有个一定的界限的，并非比较之辞，说愈古即愈好，较古即较好。然则中国人之所谓古者，以何为界限呢？那无疑的是三代以上了。三代以上，中国人普通把它看成别一个世界，与后世判然不同。至于秦汉以降，则其时间虽亦绵历一二千年，然自中国人看来，总不过是一丘之貉而已。这所谓别一世界，其物质文明，远落后世之后，中国人是知道的，已如前述。然则中国人的崇拜它，究竟为的什么呢？那无疑的是在社会关系上了。试看中国人慨慕三代以上的，总是说它政治之好可知，因为古代的所谓政治，乃是包含着一切社会问题的。

这样的一观念，正确不正确呢？无疑是不正确的。因为一般人所想象的古代，用史学的眼光看来，实在全不正确。然则这种观念，为什么会成立？既成立之后，又为什么不易破坏呢？那是由于（一）古代的情形，太茫昧了，一切凭空想象之辞，都易于附会上去。（二）古书传者太少，法令文诰之类，在后世，知道它是具文，是表面文章，在古代，就被认为实际情形了。譬如清朝的通礼，律例，会典，谕旨之类，谁相信其和实际情形相合？然读《书经》中的典、谟、训、诰，就都以为是述的实事，说的实话；读《周礼》所述的制度，也就信为当时一一实行的了。（三）任何一个社会，总不免有些宗教上的迷信。中国人对于宗教，是很淡薄的，然于其所谓古帝王及圣贤，如伏羲、神农、黄帝、尧、舜、禹、汤、文、武、周公、孔子等，亦不免有些神化，既然神化，自无复怀疑的余地了。这都是将所谓古代者，视为别一世界的原因，然而还没有触着深处。

其深处又如何呢？说到这里，就得追求这种观念心理上的根源，须知尊重客观，乃是近代科学发达之后，才有这观念的。前此则极其模糊，再严格言之，则所谓客观，即在现代，亦不过是比较的，而并非绝对的，这种情形，尤以社会科学为甚。试看任何主张，正反两面，都可以有颠扑不破的理由可知。真理是不容有二的，既然两方面都有颠扑不破的理由，即可见其都只代表了真理的片面。谁引导他使走上这片面的路线呢？那无疑的是感情了。所以中国人的崇古，并不是从客观方面，搜集到种种有利于古的证据，然后从而崇之的；倒是心理上先有一种爱古薄今的感情，然后逼着他去搜集有利于古之证据，而成立种种曲说的。其成立的原因，既然如此，自然经不起客观的批判了。

然而根据这感情而成立的曲说，虽不足信，而使这感情成立的原因，倒是极为确实的，绝非空中楼阁，所以此种感情，绝不会因其所建立的说法的不确实，而被冲淡。中国人崇古观念的所以不易打破，并非虚伪的东西，亦可以成立，而是有真实根据的东西，不可能摧毁，虽然其真实的根据，根据之者初不自知，亦于其真实无损。

这真实的根据是什么呢？人无不避苦而就乐，而所谓苦乐，实视环境为转移，环境又有两种：一为自然环境，一为社会环境。而二者之中，社会环境的关系尤为密切，任何一个人，我们允许送他到巴黎纽约去，给他以物质上种种享受，但是他要捐亲戚，弃朋友，他总还是不愿的，便是一个明显的证据。不论哪一国，在其邃古时代，其社会关系，终是非常良好的，这个，在社会学上，已有确实的证明，勿庸再行申说了。所惜者，不论哪一国，这一个时期，都很早地就成为过去。到有史时期，社会关系，大都已经恶化了，然这一个境界的甜蜜的回忆，却永远留在人们的心头，不肯忘掉，孔子追慕大同；

希腊哲人，亦说最古的时代就是黄金时代，后乃变为白银，变为黑铁；即由于此。这种时代，既然举不出其确实的史实，而徒凭感情的领导，再为理想的构成，自然没有客观上的确实性，此其所以在史学上则经不起辩驳，而他们视此世界为理想世界，想用种种方法来达到它，亦终于徒存在虚愿而已，说食不能获饱，过屠门而大嚼，亦复何益？这种观念，岂不非徒无益，而又害之吗？不。一切错误的观念，其中往往仍含有正确的成分的，不过不能纯粹，遂至走上错误的路罢了，然则所谓正确的成分者，又如何呢？

人，如何可以得到幸福？如何就要遭到灾祸？简而言之，能否控制环境而已，环境有自然环境、社会环境之殊，二者之中，社会环境，尤难控制。人，直到现在，还只能控制小社会，而未能控制大社会。何谓小社会？一切事物的利弊，都能够看得清楚；而要兴利除弊，力量亦足以贯彻之者便是。反是便为大社会了。中国人所谓古代者，实系与后世截然不同的世界，已如前述，这截然不同之点，就在于一能控制，一不能控制，中国人以为其所谓三代以上的时代，社会是一切能以人力控制的，这是错误的，然追溯到未有历史之前，社会曾有一个可以控制的时代；在这种社会之中，人们所得的幸福，较之处于不能控制的社会中者为多；因而我们的目的，在于努力以求恢复人力对于社会的控制；这种见解，丝毫不误，所误者，只是其所提出的方法不合而已。所提出的方法，为什么会不合呢？那是由于社会既大，断不能斫而小之；大社会又决不能用小社会的方法来控制，然中国人所提出的控制社会方法，乃全是控制小社会的方法之故。然这只是一部分的误谬，其余的部分，仍不能谓之不正确了，所以我说：一切错误的观念，其中仍有正确的成分。

感情，似乎应当服从理性的，其实理性是应当受感情的指导的，因为理性之所求，不外乎去恶而就美，而所谓善恶，原是由感情决定的，然则中国人崇古的观念，实有甚深的根底，他们将领导我们，寻求适当的途径，走向光明之路。

（原刊《学风》第一卷第三期，1947 年 5 月 1 日出版）

健康之身体基于静谧之精神

西谚曰：强壮之精神，宿于健康之身体。斯语也，三十年来，几于人能道之矣。吾今欲一反之曰：健康之身体，基于静谧之精神。

予之有此见解，起于昔客辽宁时，予之居沈阳也，尝往游东陵清太祖陵。及北陵清太宗陵。北陵距城近，往返不四十里。东陵稍远，亦近五十里耳。以一日之间，步行往返。翌日，颇觉其疲。而与予同往返之小学生，年约十一二龄者，乃若无其事焉。此南方，城市中之儿童所不能也。予颇异之。默念，北人岂果强于南人邪？察其体格，无以异也。其操练，亦未尝勤于南方人。谓其日常生活，与南人不同邪？其所食者高粱，不如稻麦之滋养也。其所睡者热炕，能使人早熟，早熟则早衰。不如南人之客北者，遂炽炭于炉，而仍睡床榻。而南人居南，虽隆冬鲜炽火者，更无论矣。衣服则彼此无异。然则彼之强于我者，果何故哉？吾思之，吾重思之，乃恍然曰：是不在体魄而在精神。

大抵人之强弱，与神经关系最大。神经安定，则志气清明。以道德言，则能发强刚毅。足以有为，足以有守。富贵不能淫，贫贱不能移，威武不能屈之大丈夫，国有道不变塞焉，国无道至死不变之君子，未闻有日在声色货利中者也。故孔子曰：枨也欲，焉得刚也。智识亦然。裨谌能谋，谋于野则获，谋于邑则否。山林枯槁之士，所以一出而为惊天动地之人。诸葛公唯能淡泊宁静，故能受命驱驰，鞠躬尽瘁。罚五十以上，皆亲览焉。工械技巧，亦物究其极，其能勤细物而无遗，正以其能遗万物而不以自累也。惟体力劳动力亦然，声色货利之场，又岂有孟贲、乌获乎。昔者七国之兵，莫强于秦，是以四世有胜，卒并天下。非应、穰之画胜于原、尝、春、陵，而项燕、李牧，不格白起、王翦也。秦人捐甲徒祸而趋敌，山东之士，被甲蒙胄而会战。且秦人，其生民也狭厄，其使民也酷烈。商君之法，无功赏者，虽富无所纷华，而非战陈亦无功赏。是以其民皆勇于公战，以缴利于上。而三晋之民，试之中程，则复其身，利其田宅。十年而筋力衰，勇气沮，非复选锋，二十年而不可用矣。然则秦之民举国皆强，三晋则唯选士耳。三晋如此，齐楚更不足论矣。其不格宜矣。然秦民之强，

61

岂徒商君之法令为之哉。李斯谏逐客之书，刊举淫乐侈靡之事，皆来自东诸侯之邦，出于秦者无一焉。商君语赵良曰：吾大营冀阙，如鲁卫矣。然则秦之望鲁卫，犹今陕甘之望江浙。亦若日本北海道之望巴黎，纽约克邪？《金史·兵志》曰：金兴，战胜攻取，用兵如神。何以然？以其部落队伍，技皆锐兵也。何以部队落伍，皆为锐兵？以其地狭产薄，唯事力耕，以足衣食也。惟契丹亦然。史称其部族安于旧风，狃习劳事，用能征伐四方，为其国之桢干。辽沈城市之民，虽亦稍华，非乡僻比乎。然而日出而作，日入而息。吾居沈阳逆旅中，未及亥初，求食于市而不可得。使逆旅中人为晚餐，辞以无火，不能炊矣。过其西城虽亦熟食遍市，肴施成列，然出入其间者，非军人，则政客，人民无有焉。小儿索食，以十文市饼一枚与之，其硬如铁。亦有苏州之稻香村，天津之某某店，平民鲜或过而问焉。饮食如此，其他游乐之事可知。是以其养生虽不如南人之备，而其神志安定，足以有为，足以有守。城市之民如此，乡村抑又可知。是以三省沦陷以来，民之冒死与敌抗者，虽历冻饿，犹能支持也。岂仍然吉？心唯天君，有体从令。心定则时然后言，时然后动，时然后息。营养消耗，皆得其宜。夫恶得而不强？心旌摇摇，不克自主，逐物若不及，则举饮食之所摄取，衣服居处之所调获者，悉供消耗而犹若不足。平时如此，有事之时，望其自振，难矣！运动家最忌饮食无节，起居不时。即身以相维，以为之主，眼前之实证也。

小时读郑板桥家书，今犹忆之。板桥与其弟书曰：士大夫之宦达者，必延师于家，以教其子弟。单寒之士，则附读他家学塾而已。凡附读者多成，延师者鲜就。非不幸也，勤力者成，淫靡怠惰者败。天道固然。予谓殊不必言天道。予戚某君，尝并延通中西学之师，以教其子弟。可谓爱之厚，期之深矣。然其子弟，一无所就。予尝过其家而默察之，而知其无成之故焉。其家宾客纷纭，饮食游戏之事，杂沓交至。子弟身居学塾，一心以为有鸿鹄将至，视而不见，听而不闻。为之师者，其若之何？夫学问者，藏焉修焉，息焉游焉，是以有得。今也，身在塾中，心驰塾外。一闻放学之令，则争先恐后而驰，并不甚了了之书，而一切置诸脑后矣。若是者，安望其有得于心。夫学问之事，似私也，而其机实起于至公。必有悲天悯人之衷，乃思求淑世淑身之术。悲天悯人之衷，何自起乎？其唯佛陀，身居王子之尊，受宫室车马衣服饮食之养，而睹四大则念无常，终舍诸位而修苦行。若夫恒人，则入焉而与之俱化而已矣。清夜扪心，岂无瞿然惕然之候，然而旦昼之所为，有牿亡之矣。牿之反复，则其夜气不足以存。田猎驰骋，令人心发狂。况其蛊之之事，百出而未已。而其柔靡不振，唯图目前之安乐，又迥非田猎驰骋，尚须冒险难，陵寒暑，耐饥渴者比乎。要得不厌厌无气引，唯圣罔念作狂，惟狂克念作圣。夫

63

狂夫非生而狂也，所居或使得之然。煖客貂鼠裘，悲管逐清瑟。劝客驰蹄羹，霜橙压香橘。古人咏烛泪之词云：欢场但觉春如海，便滴尽有谁来管。当此时也，又孰肯启门到中衢小立，一观路上冻死之骨乎？然而无言不雠，无法不报，此等民族，未有不为异族所宰制，所役使，所屠割者。明之亡也，侯朝宗尝志宗室某将军之墓而志慨焉。此文亦予幼时所读，今已不能举其辞。姑述其意，则言其地自封藩而后，大为繁盛，见者以为金陵、广陵所不及。下文有最沉痛者二十三字，今犹能记之曰：以故遭大乱，都邑丘墟，宗子士大夫庶姓之人，莫能自强者。此"莫能自强"四字，试细思之，最可痛也。

此篇为予二月二十七日在本校纪念周会讲演之时，自谓与今之青年，颇有关系。年刊索文，姑记之以塞责。引用壮悔堂文处，适无其书，未能检举其时为歉。二十二年三月三十日，思勉自识。

（原刊 1933 年《光华年刊》）

妇女就业和持家的讨论

"不论我们喜欢或厌恶这种话，造物者总对原始的男子这样说：你们的任务，是散布于各地，你们应供养和保护你们的妇女孩子。对妇女说：你们的本分，是寻找保护你们的男子，看护他的孩子，预备他的食物，和看守他的洞穴。这是不易的实理，生理的定律，乃造物者所制定的自我惩罚。"——叶作林译《妇女就业和持家的讨论》，见《宇宙风乙刊》第二十期。

假使人类的原始，真是如此专以互相争斗为事，一个男子，只肯保护和供养他自己的妇女孩子，一个妇女，非找到一个供养和保护她的男子不可。于是每一个男子，各带着自己的妇女孩子，占据了一个洞穴。而此洞穴与彼洞穴之间，各有其不可逾越的界限，正像现代的家庭一般。那怕人类早已灭绝了，因为现代的家庭，在经济上是有其联系性的，不能拆开了各自独立。又许多家庭之上，还有一种更高的权力，不许各个家庭，互相争斗。假使人的本性，而只有男女之爱和亲子之爱，则此等家庭间利益上的联系及各个家庭之上的更高的权力，在原始时代必然无有，于是如著者所说的各个洞穴之间，势必互相争斗。打死一个体力比我们弱的人，而夺取其食物，或即以其肉为食物，决不较打死一个凶猛的野兽。而男子和男子之间，体力有强弱，性情的好斗与否，亦有强弱，其相去的程度，并不下于男子和女子的相去，这也是生理的定律。

如其如此，至少在某一个时期中，多妻将成为极普遍的现象，全社会中女子的数目，将远超过于男子，因为许多男子，因互相争斗而被杀了。既认为人类原始的爱情，只限于夫妇亲子之间，而又说其竞争会只限于异类，不施诸同类，或者说这时候人的智识，想不到杀害同类，而夺其所有，这是很难想象和理解的。社会学家论原始所以无奴隶制度，乃由其时的人，所生之利，仅足自养，并无剩余可以掠夺之故，然此乃就不杀其人而言。若杀其人，则其肉即可以充食料，而其身外之物，不必论矣。以我所闻，野蛮人在任何饥饿的情形下，遇见食物，绝没有不招呼同伴而独吃的。

说妇女必待男子的供养，即是说食物的材料，必待男子获得，而妇女仅能在后方为之预备，怕只有某一个狩猎时代为然，限于某种兵器，以男子运用为较适宜的时候。捕渔民族，就不尽然，搜采和农耕的民族，更不必说了，即使某一时期的狩猎民族，怕也是全体男子，动员到前方去狩猎，全体女子，公共地在后方做看护孩子、预备食物等事的。绝不是每一个男子，各有其所属的妇女孩子，各有其专有的洞穴。出去打猎时，是各为自己及自己的妇女孩子，回来时亦各携其所得，入于自己的洞穴。因为我们从没有在古书上，或近代的人种志上看见过这种记载。也没有在一切制度上看见这种遗迹。

然则家庭绝不是原始的制度，出于人的本性的。只是社会发展到某一个时期，应运而生的一种组织，而其制度，亦因环境的不同，虽大同而仍有小异。

《宇宙风乙刊》，希望国人关于妇女应否就业，还是宜于持家，就我国现状，加以讨论，能凭自身经验立论尤佳。这个意思，可以说得很好，但其所揭举的讨论的标准，似未甚妥。因为凡事都应从进化的大势上立论，若拘于现状，未免有保守之嫌，亦且中国各地方社会的情形不同。如在偏僻的乡村，妇女在家庭外就并无职业可就。若以通都大邑而论，其见解也是人人不同的。譬如甲，收入较多，孩子较少，留其妻在家庭中持家，自觉妥协。而乙，收入较少，孩子较多。固然，乙的家庭中也有家务，孩子也需要照顾。然而巧妇难为无米之炊，家中太空空如也，家务也是无从料理起的。孩子也到底不能饿了肚子受教育。在这情形之下，自然还是让妇女出去就业好些，在现在的社会中，处境谁亦没有保障。假使甲因遭遇的不幸，而收入减少了，或者因社会生活程度的提高，而收入相形而觉其少，则本觉妇女以留居家庭中为妥的，至此，亦必感其有出外就业的必要。所以此等言人人殊的根据，并不能做讨论的标准。勉强从事于讨论，亦必不能获有结果的。

我们对于一种制度，要想加以讨论，总是觉得这种制度，有不甚妥帖之处，而后出此。倘使这种制度，更无弊病，人们是不会想到去讨论他的。所以在讨论之先，必须深究其弊之所在，然后考虑其究竟可以改良？抑或必须革命？

家庭制度，是一种弊坏而不适宜于现在的制度。人们不知其不适，而强欲维持之，而又终究不能维持，就生出现在关于家庭的种种问题了，请略述其说如下。

家庭的组织，是男子在外争斗，以获得生活的资料，而妇女在后方，为其做些补助工作，及看护孩子，此项组织，在生活的资料，须用体力斗争的方法取得时，现在生活资料，必须男子在外挣取，乃系社会组织使然。如烹调、缝纫，普通认为女子之事，然饭馆和成衣铺，多以男子为主人。此由现在社会上，获得金钱，带有斗争的性质。如以女子为店主，人将以为可欺而立心欺之。多数人立心欺之，则其人果成为可欺之人矣。然此全系社会组织使然，无所谓不易的实理、生理的定律也。在男女的分职上，颇为适宜，然只是一群中的男子，与一群中的女子的分职，并非一万万的男女相互间的分职。在人类生活困窘的时候，倘使其天性之爱，只限于夫妇亲子之间，除自己的女人孩子以外，再不肯招呼别人，而其时的女人孩子，除自己的丈夫和父亲之外，亦再无他人肯尽保护和供养之责，人类是绝不能生存到现在的，所以家庭绝不是原始的制度。然则家庭是怎样产生的呢？家庭制度的原始，乃在人类开始知道劳力可以利用的时候。在本群中的妇女，而不能视为奴隶，加以非分地役使。然掳掠而来的妇女，则是视为个人私有的财产的。古人之所谓人者，本限于其群以内。群以外的人，并不以人相待。所以由俘虏而来的奴婢，在古人是不承认其人格的。野蛮人的举动，所以非极温和，即极横暴，常走两极端者，即由于此。其温和时，系以人相待；其横暴时，系以物相待也。男子为奴的，因社会的变动，而渐渐消灭了。女子则因内婚制的消灭，外婚制的盛行，而同群之间，男女平等相看的习惯，渐渐亡佚，只剩了异部族之间互相奴役的关系。后来虽屡经改良，到底还不能平等，这是现在家庭制度之下男女关系不平等的原因，为其根源上是一主一奴。西洋人的旧见解，以为原始时代的女子，除依赖男子外，决不能取得食物资料，而亦非被许多人所欺凌不可，因此非寻得一个爱己的男子，借以取得生活资料，而受其保护不可。这纯粹是一种不究史实的空想。因为（一）生活资料的获得，只有某种资料，在某种环境之下，是限于男子方能取得的。（二）而古人在同群之中，向来不分彼此，并没有什么从给食料的人，要多享些权利，而他人都只能俯首听命的道理。（三）而现在的家庭，是成立在主奴关系上的。既有主奴关系，则只有主人剥削奴隶的劳力以自养，绝无主人反供养奴隶的。所以男子在外劳动，以获得生活资料而养活其妻子，其现象乃起于家庭制度成立之后，而非家庭制度成立的原因，为在氏族时代以前，本群中的女子，本来是本群中人，公共扶养的。女子亦扶养男子，并非专待男子扶养。并不指定某一个男子，对某一个女子负责，然从外婚制普遍成立以后，所谓本群中的女子，业已消灭无余，因外婚制盛行，女子均出嫁异族。而只剩从异族来嫁的女子，其形式上虽出于聘娶，其根源则是从俘虏而变为价买的。此等属于私人的奴隶，根本上勿庸别人嘱他负责，设若加以好意地扶助，反有向其挑诱，而意图将其带走之嫌，所以从现代的婚姻制度成立以后，为妻的遂与家庭以外的人隔绝。养活她，成为她的丈夫一个人的责任，而她也全处于她丈夫的权力支配之下了，如此，妇女因受压制而不能自由，男子亦因要养活其妻故，而不胜负担。因为在古代，生产上劳力的作用大，资本的作用小。劳力多，就可以致富，至少是易于自给的。在近代则工具日益复杂，不能自制。流动资本，又为一部分人所锢，非出利息不能借得。而人口遂成为贫穷的大原因。处此情势之下：（一）男子一人在外劳动，以养活其妻子，能维持其本身及其后代的生活在水平线以上的，非有幸运而获处于社会上较优的地位的人不能。只是幸运而已，并非由于才能。（二）如其女子亦出外就业，则家庭中事无人料理。（三）即使生活富裕之家，妇女无须出外工作，以补助生计。然而所谓家务，复杂万端，在现今文化进步之时，非将妇女留在家庭之中，主持料理，所能胜任而愉快。（四）以上三端，为谈现在的家庭问题，很容易瞭见的弊病，而且是谁都可以承认的。若再说深远些，则家庭的起源，如前所述，实系一种自私的组织。其先天既系如此，后天虽有变化，很不容易洗刷净尽的，所以（A）家庭是把人分成五口八口的小团体使其利害互相对立的根源。（B）交换是使人人互相倚赖，而又互相剥削，相扶相助之实，必通过互相剥削之道而后行，使人忘却人和人互相倚赖的殷切，而只觉得其利害对立很尖锐的根源。此等制度不变，世道人心，绝无向上的希望，因为实际的生活，到底是最大的教训。空口说白话，除极笨的人外，决不肯听。而此等极笨的人，在社会上，是并不能发生影响的。

限制妇女在家，主持家务，既为势所不能，奖励妇女出外就业，使现在之所谓家务者，无人过问，势又有所不可。所以目前的急务，在于造出家庭以外一种公共的生活，以替代现在的所谓家庭。于是女子可以解除束缚，男子亦得减轻负担。而现在的所谓家事者，亦一一处置得更妥帖。

造成家庭以外公共生活的方法如何呢？我国最普遍的社会组织是农村，城市只居少数。而且城市的组织和治理，也是模仿乡村的，如在乡村的组织称为里，城市的组织则称为坊或厢，坊厢与里，同为自治团体，里长与坊厢之长，同为自治之负责人员是。所以我们现在，有一种制度，确实能推行于乡村，即可逐渐设法，推行于城市及大都会。真要改良治化，现在的大都会，必须断而小之，不能听其自然，此义甚长，当别论。各地方家庭以外的公共生活，逐渐成立，我们的文化，就从根本上改变了。

农村的公共生活，该怎样组织呢？须知从历史上说：中国的所谓家族，本有两种：一种是比较大的。这是封建时代的治者阶级。其族中组织的情形，略见于《礼记》的《文王世子》。其家族团体中，除血统有关的人外，还包括许多技术和服役的人员。如《周官·天官》所属各官是。《周官》的规模，固然是最大的，然其余规模较小的，性质亦仍相同。此等家族，是寄生阶级，他们所消费的物资，根本上是农民的租税。因为此等必要的物资充足了，所以能养活许多技术和服役的人员。农田以外的地方，他们既可任意占为己有，就可役使此等技术和服役的人员，替他们种植、畜牧，或利用材料，制造器具。如此，他们这家族，自然富裕了。此等封建时代的大家族，虽因封建政体的破坏而灭亡，然仍有若干存留的，如秦汉时的齐诸田，楚昭、屈、景是。而后来新兴的富豪，也有模拟此等制度，而成立一个大家族的。此为历史上少数大家族的由来。他们的生产，他们的消费，固然都是大规模的。即多数的平民，他们的家庭，以一夫上父母下妻子为限，大率自五口至八口。然其生活，亦是靠五口八口以外的人，互相帮助，才能够维持的。绝不是各人自扫门前雪，莫管他人瓦上霜，对于五口至八口的团体以外的人，相视若秦人视越人之肥瘠，所能各遂其生的。现在在农村上，要借一两块钱，固然是很难的。此乃因货币实为彼辈所缺乏，所以如此。至于自己有余的东西，拿些给别人，还不算得什么事。"彼有遗秉，此有滞穗"，这种情形，是到处可以看见的。决非如上海里街之中，彼此各不相知，"昏暮叩人之门户，求水火"，都使不得，"或乞醯焉"，更其不必说了。然现在农村的风气和组织，业经败坏废坠了几千年，若追溯到较古的时代，则当时的农村之中，并不是有无相通，有些简直是共同生活。古代农村的组织，略见于《公羊·宣公十五年》的何《注》。《汉书·食货志》之说全同，不过引来做证据的古书，彼此有异罢了。掳其说，则：

　　一夫一妇，受田百亩，以养父母妻子，五口为一
　　家，公田十亩，即所谓十一而税也。庐舍二亩半，凡
　　为田一顷十二亩半，八家为九顷，共为一井，故曰井

73

田。……井田之义：一曰无泄地气，二曰无费一家，三曰同风俗，四曰合家巧拙，五曰通财货。因井田以为市，故俗语曰市井。种谷不得种一谷，以备灾害。田中不得有树，以妨五谷。还庐合种桑、楸、杂菜。畜五母鸡、两母豕。瓜果种疆畔。女上蚕织。老者得衣帛焉，得食肉焉，死者得葬焉。多于五口，名曰余夫。余夫以率受田二十五亩。……司空谨别田之高下，善恶，分为三品，上田一岁一垦，中田二岁一垦，下田三岁一垦，肥饶不得独乐，境埆不得独苦，故三年一换土易居。……选其耆老有高德者，名曰父老，其有辩护伉健者为里正……民春夏出田，秋冬入保城郭。田作之时，春，父老及里正且开门坐塾上。晏出后时者不得出，莫不持樵者不得入。五谷毕入，民皆居宅，里正趋缉绩。男女同巷相从夜绩，至于夜中，故女功一月得四十五日。作从十月，尽正月上。男女有所怨恨，相从而歌，饥者歌其食，劳者歌其事。……十月事讫，父老教于校室，八岁者学小学，十五者学大学……

这时候的农村，虽已以一夫上父母下妻子为　个组织的单位。然（一）井田之制，所以合巧拙，通财货，乃谓技术的

74

优劣，可以互相补助，工具的有无、利钝，可以互相借用。（二）耕种、收获，都有一定的规则，还有人监督着。倘使其起源就是私事，则勤惰、巧拙，尽可听其自然，何劳他人过问？公产的社会，执行公务，有一定的规则，而这种规则，也有专门执掌的人，这是据社会学家的纪录，常有的事。（三）三年一换土易居，则每一农家，逐年的收入，多少不等。以当时管理规则的严密，岂不要干涉其储种上田之年之所余，以备种下田之年之不足，然而并未闻有此等规则。可见其原始之制，田土的收入，尽属公有。《孟子·梁惠王下》篇引晏子的话，说"今也……师行而粮食"。粮同量，即留其日食所需，其余尽括以充军饷。这在晏子之时，虽成为虐政，然推原其朔，则藏在某人家里的粮，并非某人所有，不过借他家里藏庋罢了。此种规则，亦是进化较浅的部落中所常有的。（四）《战国·秦策》：甘茂对苏子说：江上之处女，有家贫而无烛者。处女相与语，欲去之，家贫无烛者将去矣，谓处女曰：妾以无烛故，常先至，扫室布度。何爱余明之照四壁者？幸以赐妾，何妨于处女？妾自以有益于处女，何为去我？处女相语，以为然而留之。此为《公羊》何《注》男女同巷相从夜绩的注脚。可见古代农村中工作，不论在邑中、在野外，通力合作的很多，实非一个个经济单位的联合，而其原始只是一体。（五）十月事讫，父老教于校室，儿童教育，非一家之事，而系一个团体中公共之事，更不必说了。总而言之：古代农村的生活，绝非一个个家庭联结起来，而是本为一体，后来才分散为各个家族的，虽然已经分散了，然本为一体的遗规，存留的还有不少，在周秦之间，还很可考见，古人的生产能力，远较后世为低，然亦能安然生活下去，其生活有时且较后世为宽裕，即由于此。孟子劝滕文公行井田制度，说："死从无出乡，乡田同井，出入相友，守望相助，疾病相扶持，则百姓亲睦。"又说："设为庠序学校以教之。庠者，养也；校者，教也；序者，射也。夏曰校，殷曰序，周曰庠，学则三代共之，皆所以明人伦也。人伦明于上，小民亲于下。"校者教也，即何休所云十月事讫，父老教于校室。庠者养也，是行乡饮酒礼之地。序者射也，是行乡射礼之地。乡饮酒礼，乡射礼的意思，和现在的恳亲会、运动会等，有些相像。乃是教之以和亲、逊让，使其能互相亲睦。古代的伦理有两种：一种是注重于家族中的，如所谓父慈子孝、兄友弟恭、夫义妇听、长惠幼顺。乃是流行于贵族间的训条。因为此等家族，其生活本极优裕，所虑者是家族之中，自行争斗，则不但不能安享，而其家族且有灭亡之虞。所以要注重于家族中的互相和睦。若平民，则单靠家庭间的一团和气，还是不够生存的，所以非讲究博爱不可。这两种不同的伦理，流行于平民社会中的，实较流行于士大夫阶级中的为高尚。历代传播儒教的，究以士大夫阶级中人为多。蔽于阶级意识，就不免舍连城而实珷玞了，然单靠家族组织，绝不足以尽人类相生相养之道，而且是一个很大的障碍，则纵观古今毫无疑义。

从古以来，有两种文化：一种是自力自食的文化。一种是掠夺的文化。掠夺的文化，又分为两种：一种是靠武力掠夺的，是为封建主义。一种靠经济的力量，用交换的方法掠夺的，是为资本主义。世界的"每每大声"，实由掠夺文化的盛行，自力自食的文化的日就萎缩。"拨乱世，反之正"，必须提倡自力自食的文化，使自力自食的文化，逐渐建设，逐渐扩张，而掠夺的文化，逐渐为其所淘汰。如此，则现在的家族制度，我们必须破坏之，而逐渐代以公共的生活。

此事进行的第一步，即须在农村之中，普遍地设立育儿所。育儿，似乎是和家族制度最有关系的。因为小儿非饮乳不可，而又以饮母乳为最宜。所以一提起育儿，便使人有各亲其亲，各子其子，出于造物所安排而无可违逆的感想。然人是在很复杂的文化中生活的，支配人类的关系的，并不是简单的某种生理关系。人类的生活，有一部分系根据于生理而来的，此等生活，大抵无可变更。然在人类的生活中，实不占重要的位置。此理不可不明。子女与母亲生理上的关系，出生而后，不过到哺乳终了而止。此外更无甚必要，值不得夸张。与父亲的关系，更不必说了。我们并非有意歪曲，说母亲不适宜于抚育亲生的子女。亦非为要破除家族制度，而硬主张不要做母亲的人，抚育他自己所生的子女。不过在现在的文化状况之下，除乳哺之外，母亲对于亲生的子女，并不一定是适于抚育的人，这个无论如何，不能不承认是事实，所以小孩出生之后，即须有一住居之所。此住居之所，系为一团体中所有的小孩公设，由最适宜于抚育小孩的人经管。小孩生身之母，除按时前往哺乳外，其余一切不负责任。这正和小孩的教育，另有教育家司其事，不必要其父母负责相同。世人见遗子女从师，不以为怪，听说儿童公育，就惊怖其言，若河汉而无极，这只是"见骆驼言马肿背"而已，现在家庭的大弊，及于儿童的有三：（一）抚育之失宜。（二）经济力的薄弱。穷困的家庭，固不必论。即较为富裕的家庭，遇见特殊的事情，抑或为经济力之所限。我在十年前，曾在某医院中，见一小孩，为狮犬所噬，其母携之至医院，医生命其注射恐水病血清，而此母亲不能负担四十五元的药费，只得含着眼泪，带着孩子走了。不能替孩子负担医药费的父母亲怕很多，若合一个大团体而共筹，就不至有此患了。（三）则父母之不必适宜于教育儿童，亦与其不必适宜抚养于儿童同。尤其是受惯家庭教育的儿童，从小就深深地栽培下自私自利的性质的根株，长成之后，要拔掉它很难。所以小孩，我们希望他全不受现在的所谓家庭教育。现在的学校学生，比起从前的旧读书人来，我们不敢说他有什么长处。然而较能和人家合作，及组织之力较强，这两点是不能抹杀的。这一部分是现代的教育者之功，一部分，亦是学校群居生活之赐。

育儿所乃代替家庭的公共生活的第一步。有此一步之后，青年公共的住所，以及养老堂、病院、公共食堂等，就可逐渐进行，到此等制度完全成立之时，家庭遂全被代替而消灭，男子放下千钧的重担，女子脱离奴隶的生活，彼此，呼吸自由的新空气，打破家庭的障壁，而直接沐浴社会的阳光。

这些话，似乎是造端弘大、实行甚难的，然亦并非没有实行的方法。依我说：最好是借此政治之力，强迫推行义务教育，既可强迫人家受；小学校既可强迫各地方设立；为什么育儿所不可以？所以现在，应当以法令之力，规定在某种情形的地方，必须设立育儿所，为之筹集经费。由国家派人主持。强迫一切儿童，均须送入育儿所，在目前的情形之下，固然还办不到。然设立之后，送儿童前来的，必然十分踊跃，怕只怕机关太小，收容不下。因为现在穷苦人家，养不起子女的很多。他们只要有人肯替他们收养，就把子女送去了，岂有公共的育儿所，抚养较私人为善的，反不肯送来之理？次之，则现在社会上热心公益的人，究亦不少，但他们的观念太陈旧，只会做些补苴罅漏的事情。若把革命的建设事业，看作善举，则他们苦无此种智识。然亦只是没有知识而已，假使能说到他们明白，他们仍不失为行动上有实力者之一。所以开发肯出资出力，从事于公益事业之人，使之走向革命的建设的途径，实为今后的要务，而育儿所将亦是其中重要的一项。以上两端，是目前推行的方法。凡事切于需要的，总是易于风行的。推行之初，力量看似微薄，然不转瞬，就附庸蔚为大国了。

在上海言上海：若有人能以修士传道的精神，出而改善家庭和儿童抚养的问题，里弄之中，就未尝不可以倡办育儿所，上海在现在，虽然是孤岛，将来总有不孤的一天。到这时候，国家未尝不可运用权力，强迫上海的住民，设立坊厢等组织，以尽其应尽的义务。

（原刊《宇宙风乙刊》第二十一期，1940 年 2 月出版）

塞翁与管仲

盲目而无所用心的习惯，以及重视实际工作，而轻视计划工作的谬见，也是大足妨害我们的进步的。欲救此弊，则必不可不改良我们的教育。

《史记》的《管晏列传》上，称管子之为治，善于"因祸而为福，转败而为功"。在《淮南子》的《人间训》上却有这么一段话："近塞上之人，有善术者，马无故亡而入胡，人皆吊之，其父曰：此何遽不为福乎？居数月，其马将胡骏马而归，人皆贺之。其父曰：此何遽不为祸乎？家富良马，其子好骑，堕而折其髀，人皆吊之。其父曰：此何遽不为福乎？居一年，胡人大入塞，丁壮者引弦而战。近塞之人，死者十九。此独以跛之故，父子相保。故福之为祸，祸之为福，化不可极，深不可测也。"

的确，我们若就身所经历之事追想之，诚觉祸福之倚伏，深不可测。但是人之所以异于禽兽的，就在其不但能随顺环境，还能控制环境。而动物中，有的似乎亦能控制环境，然其所谓控制，非出于理智而由于本能，故其控制之力有限。人则不然，故能有无限的进步。未经控制的自然力，无不足以为人祸。人类的控制自然，亦不能有成而无败。所以"因祸而为福，转败而为功"，这十个字，最为紧要。人类所以能控制自然，称为万物之灵，而为地球上的主人，其得力全在这十个字。

既然如此，人类就要时时运用其理智，而断不可有一息之停。遇见了困难，便想法子，方能因祸而为福，所想的法子不中用，失败了，随即重想，方能转败而为功。

人类的进步，为什么如此迟缓，而在进化的中间，还要生出许多纷扰来，以致阻碍进化呢？其最大的毛病，就在无所用其心，而凡事只会照老样做。试举两事为例：其一，古代饥饿的人，是什么东西都吃的，后来进步了，知道牧畜。再进步，又知道耕种。耕种之始，还是各物杂吃的，所以古称百谷。后来营养上的知识，渐渐地进步了，栽培的方法，也渐次进步，乃汰其粗而存其精。于是由百谷变而为九谷，由九谷变而为五谷。时至今日，我们所恃为主食品的，实在只有稻和麦两种。这可以称为进步了。但是现在的营养学，证明了单靠米麦，营养是不够佳良的，而重视为精品的白米、白面尤劣。目前的急务，转在研究如何利用杂粮。这本不是专为对付米面价贵的问题。而在今日，米面价贵之时，欲图救济，利用杂粮，尤为一良好的办法。利用杂粮之法，不在于人们的信不信，而实在于其会制造不会制造。因为穷人本来是无所不吃的。他们纵然相信米面的营养较佳良，何尝能常得到米面吃？再比杂粮坏的东西，填饱肚子，也就算了。然而对于米面以外的别种粮食，不会制成食品，却是无可如何的。我们知道西餐中的三明治，有些人，误以为也是面包的一种，其实不然。三明治是计算人身所需要的养料，都把它合制在一块的。单吃面包，营养要发生问题，单吃三明治，就不至于此。然则我们何不将目前能得而易得的食料，分析其养分，决定其配合之法，而制成一种普通人吃的三明治呢？然而我们却只会订购洋米，要求面粉平买。其二，衣着贵了，皮鞋尤甚。守旧的人，一定要说：你们为什么定要着皮鞋？他们的意思，以为着皮鞋不过是学时髦而已，了无实益。其实不然，着了皮鞋，走起路来，较着旧式的鞋子要容易些，这是大家都觉得的。其故安在？乃由于其后跟之高，后跟高，则走路时脚尖着力，而脚跟不甚受影响，不至震动内脏。所以着皮鞋不但便于走路，而且有益卫生。以为只是学时髦，并无实益，就是无所用心，不察情实之谈。然而皮鞋之优点不在其帮而在其底。凡着鞋，底贵略硬，略厚，后高于前，而帮贵乎软，软则伸缩自如，不至束缚足部之肌肉，而妨碍其发育。所以皮鞋的底，旧式鞋子的帮，合起来，方是合乎理想的鞋。民国纪元前五年，我路过苏州，确曾看见这样的制品，在观前或宫巷的鞋店里，后来再过苏州，就不见了。我更有好几次，把这意思说向鞋店中人，他们却一笑置之。我知道鞋并不是他们制的，技术上的话，向他们说也无益。又曾以此意向制鞋的人，他们也多惮于试验。其实，在见皮鞋价贵的时候，此等制品，如有人肯试办，一定可以为衣着上开一个新纪元的。不但如此，鞋底的跟，并不一定要用现在皮鞋的跟，就是用木制，也是可以的。那价格又好便宜多了。而且可就地取材，绝不要消耗外汇。以上就衣食两端，各举一事一例。其他各事，类此者尚多，不可殚述。我一人想到者如此，倘使一切人都肯这么想，其可改革之处之多，自更无从计算了。古人说："此言虽小，可以喻大。"政治、军事、经济等等一切重要的现象，都可类推。

　　崇古并不是中国人的特别脾气，古代各国人，都是这样的。希腊人说：君主须以最大哲学家为之。正如中国人"天降下民，作之君，作之师"一样。所以如此，则因人类的行动，不容盲目。而在一群之中，总有较为聪明的人，大家的行动，都受这种人的指导，是合宜的，其结果必然有益。在古代小国寡民的社会中，此等需要，易于察知；而其功绩亦易于见

84

得；所以才智出众的人，易于受人的推戴。古代的民主政治，所以能着成效者以此。到后世，就不是这么一回事了。国大民众，利害关系复杂，断非一人或少数人所能尽知。而我们还只会用老法子，希望有一个人或少数人，出而当指导之任，而我们大家都跟着他走。所以凡百事情，利弊都很难明了，兴利除弊，更不必说了。古人称君为元首，就是头脑的意思。一身的指导者是头脑，一群亦不可以无头脑，这意思是对的。惜乎局面广大，情势复杂，更无人能当此重任了。然而没有一个能做首脑的人，却不能说一群之中，不能有一个首脑部，现在人类的举动，所以不能合理，而往往闯下大祸，就是由于或无足称为首脑部的一群人，或则虽有之，而其行动先自误谬，导其众以入于盲人瞎马，夜半深池之境。前者一切衰微之国都属之，后者好侵略以致陷入泥淖，不能自拔者，便是个好例。

固然，人之才性，各有所长，首脑部中的人物，不是人人能做的，然而我们现在盲目而无所用心的习惯，以及重视实际工作，而轻视计划工作的谬见，也是大足妨碍我们进步的，欲救此弊，则必不可不改良我们的教育，那便是（一）指导大多数的人，使其凡事知道用心。（二）而且要改良其生活，使不至为现实的劳作所困，而有用心的余暇。（三）再要打倒以大多数无所用心为己利的人，以除去使大多数人能用其心的障碍，这便是民治主义的真谛。

反乎教育者为利用，教育是想改善其根本，利用则就现状之下，加以驱使，以达某种目的，固然也有一时的成功；而且紧急之时，也不能不用；然而终不是根本之计，前者是原因疗法，后者是万症急救，前者如练兵，后者如以一时之策略，驱市人而用之，致亦有其价值和必要，然不能以此为已足。

像塞翁一般的人，就是委心任运的代表。以一人而谕，怀抱此等见解，固亦优游自得；然使一群的人，个个如此，这一个群就危险了，就要控制不住环境，而反被环境所支配了。然而群之中，所以会有这一种人，亦仍由于其群的风纪，先自颓败，因为"人不群则不能胜物"，荀子语，胜字读平声，就是担当得起的意思，事物二字古通用。人人委心任运，一个人就是要和环境奋斗，也是徒劳无功的。久而久之，委心任运的主义，就渐渐地通行，渐渐地普遍了，所以要使天下的人都能够求其放心，非大变现在的文化不可。

（原署名：小严。刊于 1940 年 5 月 24 日《中美日报》）

为什么成人的指导不为青年所接受

我近来遇见许多教育界中人，他们都很注意于青年修养问题，对于教育部所颁布的导师制，很觉得兴奋，要想实力奉行。亦有一部分人，叹息于此制的不易收效。因为在教部定章以前，他们先已试行了，未曾收到多大的效果。

的确，青年修养，是一个极重要的问题，因为凡事都要人为。中年以上的人，或者做事情的时期，已经过去了；或者虽在做事情，而方来的日子，已经比较短。不比青年，眼前无限的事情，都要希望他们抖擞精神，去奋力作战呢。"青年是未来的主人翁"，这话的确不错。没有修养，怎能做事呢？

说到青年修养，成人的指导，也是必要的。因为（一）人是成熟得迟的动物。（二）而其所处的环境，又特别复杂，刚刚入世的人，如何能了解？不有成人的指导，如何能应付一切呢？然而青年能接受成人的指导吗？从古以来，青年对于成人的话，就有些掩耳不欲闻的样子。不过多过几年，青年自己也做了成人，也就走上成人的旧路了。这时候，回想起从前成人的教训来，也觉得津津有味，而自悔其听从之不早。这足以证明：成人指导青年的路是对的。其应负的责任，至多只是没有循循善诱之法，使青年乐于听从罢了。然这只是安常处顺时代的话，在近几十年来，我们却屡见青年人到成年时，未必再走前此成人的旧路了。这是为什么？

原来文化的性质，动静无常。他在有的时代，可以呈着静止的状态，继续若干年不变。在有的时代，则又呈着动荡的状态，急剧地摆脱旧的，创造新的。当其静止之时，前一辈和后一辈人，总是继续着，走着同一的路线。当其动荡之时，就不然了。当此之时，成人就非了解青年们所走的路线，与己不同不可。若强要固执，令青年改走自己的路线，就要不为青年所接受了。我们原不能说，青年所走的路线必是，而成人必非。但世事总是日新的，旧的往往是不能维持的，而当文化变动之时，成人所走的，往往是旧路线，青年所走的，往往是新路线。所以当这时代，隔了若干年，往往青年未曾改走成人的路线，而成人反改走了青年的路线。然则在此时代，不是成人领导青年，反是青年领导成人了。这是社会进化规律的自然，原也不足为怪。但成人处此时代，却不可不有深切的觉悟了。

今日是否文化变动的时代呢？这话怕无烦辩论，大家总会承认了吧。然则文化变动的方向，是怎样呢？讲中国文化史的人，各从其意，把中国的文化，分划为种种时代，我以为都未得当。我的意思，以为中国的文化，只要划分作三大时代：（一）新室以前，（二）自东汉至近世期以前的闭关时代，（三）自近世世界交通以来。而这三期文化的转变，只是拓都主义和幺匿主义的转变。何以言之？拓都、幺匿，是沿用严几道的译名，幺匿主义，系指重视构成团体的分子，过于团体。谓团体的好坏，由于分子的好坏，必先将分子改良，团体方有进步。分子的改良是因，团体的进步是果。故其论治化，恒着重于个人。以个人的改进，为治化改进的第一义。拓都主义，则与之相反。以改良团体的组织为第一义。谓团体的组织不好，分子在其中，实无法改良。所以其攻击社会颇烈，而责备个人则轻。中国几千年，文化的转变，实不外乎这两个主义的更迭。何以言之？

在有史以前，很辽远的年代，人类社会的组织，大抵是正常的。此即孔子所谓大同，老子所谓郅治的时代，但是不幸，到了有史时期的前后，人类社会的组织，就渐渐地变坏了。在此时期，先之以封建势力，凭恃武力，互相争夺。继之以资本势力，在经济上互相剥削。人类的命运，遂日入于黯淡。然当封建时代的初期，虽然多了一个榨取阶级，盘踞于社会的上层，而社会的大部分，其规则，还是大同时代所留诒，还算得是个准健康体。所以孔子称为小康。到封建时代的后期，众诸侯间的兵争，格外剧烈了，则榨取人民亦更甚。而资本势力，又于此时兴起。借工商两业的力量，尤其是商业，向广大的群众，肆行剥削。前此社会保护个人，个人尽忠社会，二者相合无间的规制，遂逐渐破坏，而几于一无存留。此即孔子所谓乱世。世运的递降，虽然经过很长久的岁月，然社会的组织，本来是良好的，后来遂逐渐变坏，实为人人所共知。当时的人，都视当时的社会为变态，总想有以矫正它。先秦的学术，尽于九流。九流之中，杂家系综合诸家以为用，自己初无所有。名家专讲哲学，名家本出于语，其讲救世的一部分，仍在墨学中。纵横家只办外交，与社会全体的关系较疏。其阴阳、儒、墨、道、法、农六家，则均有拨乱世反之正的思想。六家之中，农家所托最古，径想回复大同时代的文化，观许行之言可知。道家次之，老子所说的小国寡民，实即极简陋、极闭塞，不甚和外界交通的部族。他所主张的无为，非谓无所作为，为当训化，乃谓不要变化。何谓不要变化呢？因为文明有传播之力。野蛮的部族，总喜欢摹仿文明的部族。倘使物质文明输入，而社会的组织，不为之变坏，岂非极好的事情？无如社会的组织，要和生产的机构相应。物质文明输入，社会的组织，是不能不随之而起变迁的。倘使人类的智识，足以控制自己，当物质文明输入时，即改变社会的组织，以与之相应，原亦可以没有问题。无如人类的智识能力，不足以语于此。当物质文明输入之时，初不能改变其社会的组织，以与之相应，而一任其迁流之所至。于是文明进步，而社会的组织，却退步了。当时的人，不知此系人类不能改变社会的组织，以与新文明相适应之咎，而转以此为新文明之咎，以为文明的本身，是有害的。与其招致新文明，而使社会的组织变坏，无宁拒绝新文明之为得。而当时新文明的输入，大抵不由民间，而由于在上者的提倡。其最易得的，即为宫室、衣服、车马、饮食等奢侈之事。其实此等事，是不能使社会大起变化的。社会的大起变化，实由于民间经济状况的改变。然当时的人，不知此义，误以为风俗的薄恶，人与人间利害对立的尖锐，全由在上的人，喜欢模仿新文明所致，于是力劝之以无为。这正和劝西南的土司，不要摹仿汉人，更不要模效西洋人一样。大抵农家之说，系想恢复神农氏时代的文化。道家之说，则似系黄帝时代的训条，而老子把他写出来的。所以古人多以黄老并称。黄帝时是物质文明突飞猛进的时代。所以有深识的人，要戒之以无为。黄帝的部族，似乎是一个好战的部族，好战的部族，往往因过刚而折，所以要戒之以知雄守雌。我们只要看老子的书，（一）所用辞类及文义的特别，（二）与其思想的特异如有雌雄、牝牡字，而无男女字。全书几全系三四言韵譬，其思想，女权皆优于男权。就可知其时

91

代之早，而绝非东周时的老聃其人所自作的了。再次的是墨子。墨子是法夏的。他所称说的夏禹，在客观上，固然未必都真实，然亦不能全属子虚。观孙星衍的墨子后序可知，墨家和农家、道家，所取法的虽异，然其想将社会组织，拉回早一期的时代则同。儒家及阴阳家，则规模更大，而其条理亦较完备。春秋三世之义，系从乱世进到升平，再从升平进到太平。此系鉴于不正常的社会，回复到正常，非一蹴可就之故。较之农、道、墨三家的径行直遂，手段要缜密一些了。儒家又有通三统之说。谓夏尚忠、商尚质、周尚文，各有其一套不同的治法，应当更迭行用。这亦可见其方案的完备。阴阳家五德终始之说，被后来的人看作迷信。然其本意，当亦是说治法该有五种，更迭行用的。所以《汉书·严安传》载安上书引邹子的话，说"政教文质者，所以云救也。当时则用，过则舍之，有易则易之"。然则阴阳家的治法，绝非专做改正朔，易服色等无关实际之事。不过后人不克负荷，所模仿者止于此罢了。法家是最适应时势的。所以专以富国强兵，监督臣下的营私作弊为务。然亦注意到官山府海，轻重敛散。要把大工商业及借贷，都收归国营。而且《史记·商君列传》说：他见秦孝公，先说之以帝道，孝公不能用，然后说之以王道，孝公又不能用，然后说之以伯道。其说虽属附会，然观《管子》书所载道家言之多，则知法家并不以富国强兵为已足。进一步，必能

92

改变社会的组织。秦始皇既并六国，治法丝毫不知转变，不能归咎于法家，只能说是秦朝对于法家的高义，未能了解，因而未尽其用了。以上所述六家，其手段虽各不同，其目的则初无以异，都视当时的社会为变态，而思有以矫正之，使复于正常。且其终极的目的，亦可说初无所异。不过达之之方法，有径直纡曲，急激缓慢的不同罢了。六家的议论，都是对于社会组织的不善，痛下针砭的。其注重于个人，以为一个一个人的改善，可以使世界臻于大同郅治，而社会的组织，更无问题，则先秦诸家，从来无此思想。西汉之世，还是如此。细读《汉书》所载贾谊、董仲舒的议论，以及王贡两龚鲍，及眭两夏侯京翼李传可知。此等议论，磅礴郁积，所以有新莽的大改革。新莽的改革，所走的是绝路。然而此后的人心不以为他所走的路线不对，而以为社会本不能彻底改革，太平大同之治，即人与人间毫无矛盾的境界，虽不敢径行否认，至少以为只有未开化之世，才有可能，物质文明一进步，就决难回复了。要想改革治化的，至于去泰去甚而止，再不能有更进一步的思想，而文化的方向一变。

人和社会，是有密切的联结的。其实单说密切的联结还不够，二者简直是一体。因为我们实不能想象社会以外的个人，所以人之所谓环境看似自然，实系社会。除却漂流绝岛的鲁滨逊，怕没有以个人之力，直接与自然搏斗的。即使说人的环境，可以分作自然和社会两项，而社会所及于个人的利害亦必远较自然为大而切。既不能改革社会，个人在社会之中，是要想一个自处之法的。于是魏晋时代的玄学，和南北朝隋唐时的佛学，乃风靡一世。玄学有两个重要的方面：（一）在政治和社会方面，注重于重道而遗迹。所谓道，即现在所谓原理。所谓迹，即现在所谓具体的事实。这是所以矫正两汉时代治化的人，乱拘泥于古人的具体办法之过。其时既值丧乱，说不上什么根本的改革，他们亦未能根据原理，拟出什么具体的方案来，这一方面，除矫正泥古的思想外，实可谓无大成就。（二）其给予社会以最大的影响的，倒还在其个人自处之法。此项方法，以庄子的思想为其原理，而以孔子的所谓中庸为其手段。庄子的思想，是承认环境的力量，伟大无伦。个人置身其间，决无力与之相抗。而环境变化不已，看似好的事，可以变而为坏，看似坏的事，也可以变而为好；根本是无从控制的。而且这一方面好，就是那一方面坏；这一方面坏，就是那一方面好；根本上好坏且没有区别。所以人居其间，莫如委心任运，一切无所容心。因为奋斗根本没有用，而且可以得到坏结果的。庄子的思想如此。倘使人所希望的，是夸父的逐日，是秦始皇、汉武帝的想长生，根本上没有可能，热心太过，徒招烦恼；把这种说法，给他做一服清凉散吃，原来始非计之得。而无如人的环境，实以人与人的关系，为其重要的因素。

此项关系，即非不可改变，人的环境，即非无可改良。而庄子认为只能听其自然，就未免似是而非了。所以庄子的这一种议论，只能说是革命战场上，战败遁逃而抱着失败主义者的议论。魏晋以后的人，专发挥此种思想，无怪其要流于颓废了。所谓中庸，就是审察环境，以定所以自处之方。（一）环境变动不居，所以自处之方，要不绝地加以审察。（二）不论何时何地，自处之方，总有最适宜的一点，而亦只有这一点，务须谨守勿失，可谓言简而赅，含有很深的意义。然使我们怀抱高尚的目的，而以此为选择手段的方法是很对的。倘使我们想自全其身，而以此为选择手段的方法，那就率天下而入不革命了。中庸的言简意赅，何人不知道？然而汉之世，迄无人竭力发挥此种学说，就由于当时革命的情绪，还相当浓厚，视个人的自全，并非唯一的急务啊！人是感情的动物，以庄周的思想为体，孔子的手段为用，势必至于处处受理性的支配。虽其道确可以求福而免祸，然把许多人生不能免的欲望，一齐抑压下去，终非人之所能堪，总不免于要决裂的。当此之际，决不可无以满足其感情。而玄学只有哲学，不是宗教，实不能肩此任务。而佛教乃应运而兴，以弥补其缺憾。佛教之理，虽亦含有甚深的哲学思想，毕竟不脱宗教的臭味，所以能够给予人以感情上的满足。然从佛教兴起之后，专使人从身心方面自求解脱。对于环境一味主张"随顺"，不想设法改革，革命的精神，更消失无余了。佛教所以为治者阶级所欢迎，即由于此。佛教不知人与人的关系，本来是好的，特因现社会的组织，使之变恶，而认为现世界的本体，本来是恶的。要求彻底地改善，非消灭现世界不可。所以其修行的宗旨，虽然千言万语，五花八门，而归根究底，到底不离于涅槃。而其对于人间的关系，则首欲败男女之交，讲佛教的，固然没有说个个人都要做僧尼，然特取与现社会相调和。把佛教的宗旨，推行到极点，决不能免于此，今试设问："假如全世界的人，同时都愿做僧尼，在佛教的立场上说，还是可欢迎的事呢，还是认为不妥，而要设法禁止的呢？"听取真懂得佛教的人真诚的回答，就可见得佛教对此问题的态度了。如此，则非使人类社会，全体消灭不可。使人类自行消灭绝非人类所能接受的。所以佛学发达到极点，不能不转变而为宋代的理学。理学家承认人类社会的存在，系属合理的，勿庸加以消灭。在此点，确足以救正佛教之弊。但其以儒教为基本，而其所知止于小康之义，遂认现社会的组织，均系合理的，均系天经地义而不可变，而要人牺牲生而不可免的感情，以求与之适合，这又走上了失败的路了。所谓小康时代的治法，即系封建制度完整时代的秩序。孔子时已不能回复，何况到了宋朝呢？宋明两代的理学，在哲学和道德学上，确有其甚大的成就。所以招人反对，而其道终不能行的，就在其完全承认现社会秩序这一点。总而言之，从魏晋时

96

代，以至于近世的闭关时代以前，学术思想，虽有改变，而其认社会为不可变，专想改造个人，以与之适合则同。这是其失败的总原因。

到近世世界大通，情形就一变了。西洋文化，是我国向来未曾接触过的。一朝接触之后，其关系且步步加深，进而至于要融合为一，自然要发生很大的变迁。西洋文化，影响于我们的，在什么地方呢？科学的实用方面吗？汽船、汽车、飞机、电报等等，诚使世界焕然改观了。然而我国物质文明的发达，虽云落后，究竟也并没有真个把弓箭去抵御人家的枪炮。而且这许多事情的仿办，其实是容易的。我们的东邻，通知外情在我们之后，模仿成功反在我们之前，就是一个证据。我们为什么不能仿办呢？自然科学的本身吗？自然科学是最与世无争的。其真相，最容易说得明白，而亦最容易引起一部分性之所近的人的兴味。老实说：对于自然科学，只要有了接受的预备条件，其易于输入，是和技术无以异的。所以当明代，欧洲的传教士东来，我们已经很欢迎其科学了。然而到后来，为什么反而深闭固拒起来呢？别种科学吗？老实说：政治、法律、道德、哲学等等，都是我所固有的。其立说或与欧洲不同，此乃由其万象相异之故。各地方的此等现象，虽然大同，总有小异。所研究的问题，接近实际，总是就其小异之处立说的。所以虽于全同。譬如关于商业和货币的学说，我国就不如欧洲之精。此乃由于我国的经济观念，本不重视交换之故。若合经济学的全体而观之，我国和欧洲，亦可说各有所长，各有其所注重的方面，所以此等科学，说能使我国人的观念，根本为之改变，也是无此情理的。西学输入三百余年，并没能在我国发生很大的影响，其原因亦由于此。然则西洋的学术，能使我国人的观念，从根本上发生变化的，是什么呢？这在西洋，亦非旧有的学科，而为在最近数十年来才告成立的社会学。由于社会的组织，在一定时期之中，往往蹈常习故，不生变化，人们把前一期的事情忘了，同一时期的民族，其程度有与我前此相等的，则又鄙视之，以为不屑研究。这正和成人忘掉儿童时代的情形，而又不肯研究儿童一样。其结果，遂至不知儿童自有其生活，而欲以成人的生活，强迫儿童，使之从同了。"大人者不失其赤子之心"，社会亦何独不然。"凡恶，都是后来没把鼻生的。"所以社会的进化愈深，其病态亦愈甚。拨乱世，反之正，正须参考浅演的社会，而我们反加以鄙视，遂至视病态为常态，专从事于对症疗法的研究，岂非极可痛心之事。西洋人在近世纪以来，因其足迹所至之广，所接触的程度不同的民族很多。初亦不过发于好奇之心，记录之以为谈助，像中国的"海客谈瀛洲"一般。后来得到科学的帮助。科学视一切事物的价值，都是平等的，但就客观地从事于忠实的研究。久之，乃知我们视为奇异的，在于它实极平淡。各种不同的文化，则

98

各种不同的环境中，实各有其价值，而其价值亦正相等。才知道向所视为天经地义，万古不变的，实亦不过因缘际会所成，并非必不可变，且有时不得不变。又因机器发明以来，他们的物质文明，突飞猛进，而社会的变迁，不足与之相应，遂至尾大不掉，人反为工具的奴役，其弊大著。蒿目时艰，关心民瘼的人，就觉得社会的组织，不可不变，且须以人力促进其变。而对于社会学的研究，就更进于高深了。我曾说：西洋近代史学的发达，煞是可惊，然其有益于人生的，实不在乎有史以来史事的搜考，而在乎史前史的发现，就是为此。因为只有史前史，能昭示我们以现在社会组织的不正常，急须改变，而且能指示我们以改革的途径啊！当教育部发布大学课程草案，某大学会议改革课程时，我曾发表如下的意见，我说：文法两学院的共同必修科目中，有社会学、政治学、经济学，任选二科，各十二学分的一条。理学院学分减半。农工商学院则无，我以为社会学当定为各学院共同必修科。不但如此，我是教授历史的人，现在谈史学的，都说要注重客观事实的研究，综合事实，以发现原理。其实现在大学生的程度，并不足以语于此。现在史学教授的要义，倒是要给学生以一个清楚的社会进化观念。如此，最好以史学与社会学相辅而行。虽不敢一定说是以历史事实，为社会学的注脚，然历史教授，必须以社会学家所说的社会进化作骨干方可。否则一部十七史，从何说起？各从其意，择其所视为紧要的事实，摘举若干以授之，就不免游骑无归，空记得若干事实，而其实并无益处之可言了。现在的中国通史，在大学课程草案中，定为各学院共同必修科，我以为其教授之法，正当如此，至于中小学，则老实不客气，与其现在的历史科，而其所得的知识，并不确实，无足宝贵，倒不如废现在的历史科，而代之以社会学，而以史料为其注脚之为善。史学固然未始不可使人获得真确可宝贵的知识，然至于能达此目的，则其所教授的历史，必已成为社会学的说明书了。因为史学教授的目的，不外乎使人知道社会进化的陈迹，因以发明社会进化的公例。然此实非胪举若干事实所能得。除去专门研究史学的人外，实须给予一个社会进化的骨干，以为其认识的基础。而此骨干，非依赖于现已发明的社会学不可。即专门研究史学的人，亦预先有这一个概念，以为之基本。然后其所研究的专门问题，才知其在全体之中，有何意义，而不致失之破碎。

我们所以要研究社会学，乃因现在的社会，不可以不革命。唯有社会学，能昭示我们以（一）革命的理由，（二）革命的可能，（三）革命的途径。我们现在所奉为革命的方针的，是三民主义。然三民主义，乃是一种主义。必先有学，而后术乃从之而生。所以非略知社会学，以及其余的社会主义，对于三民主义，必不能了解。若不求其了解，而只责以诵读，则是宣传而非教育。专靠宣传，是最危险的事。因为接受宣传的人，实不了解其意义，则系迷信而非智信，易为反宣传者所利用。已受教育，自己明白的人，对于此点，就无足虑了。

各种学问，各有其所研究的物件，亦各有其用处。然皆只是一节之用。必须有一种能运用各种学问的学问。《汉书·艺文志》推重道家为君人南面之学，即由于此。运用各种学问的学问，在今日，唯社会学足以当了。因为各种学问，所研究的物件，都是社会的一枝一节。必须明于全体，才知道一枝一节，有何等关系；其重要至于何种程度；与他部分的关系如何？现在的侵略国，过于重视军事力量，以为只要兵力强盛，就一切问题，都可解决，其结果，因昧于全体的认识，不知道社会亦如人体然，要保持一个平衡，遂一部分过于发达，他部分均受其害，危机即在眼前。其病即由于此。故社会学在今日，实为各种社会科学之王。治各种社会科学的人，都不可以不知道。譬如法律，固然是现在所必要，然而社会的秩序，必须要靠强力维持，已经是社会的病态，懂得社会学的人，就会知道刑期无刑之意，专研法律学的人，就不免把法律的价值，看得太大了。

不但如此，就是研究自然科学的人，对于社会学，亦不可以不知道。我国向来重视社会科学而轻视自然科学，这就是重视人与人的关系，而轻视人与物的关系。近几世纪来，因为靠自然科学之力，使世界焕然改观，大家视我国人的旧观念为陈腐，甚至视为背谬了。其实这个旧观念，是没有错的。物的道理，在未曾发明以前，我们固无如物何。然既经发明之后，亦断不会更有什么为难的问题，断不会根据业经有效的方法，装置电灯，而电灯忽然开不亮；制造火车，而火车忽然开不动。人和人的关系则不然。可以对付这个人的方法，未必能对付那个人。可以治理这个时代，这个地方的方法，未必可以治理那个时代，那个地方。然则从实用方法说起来，社会科学上智识，较诸自然科学上智识，获得确更艰难，价值确更宝贵。而且从应用方面说，自然科学实不必人人皆通，社会科学则不然。因为以一个人兼通各种学问，事实上绝无此理，总不过享受他人所发明的成果。自然科学，是全不懂得这种学问，亦可以应用的。譬如全不懂电学的人，亦可以点电灯、打电话。电车不会开，则可以靠他人开。人与人的关系则不然。父子、兄弟、夫妇、朋友的交际，不能说我不会应付了，而请懂得伦理学的人代为应付。然则人与人的关系，确是人人所必须的知识，而人与物的关系则不然。所以我们的旧观念，重视人与人的关系，视为首要，轻视人与物的关系，视为次要，实在并没有错。即谓二者的重要当相等，而人与人的关系的教育，当较人与物的关系的教育，更为普遍，总是一个不磨的道理。而在现代一切人与人关系的科学，都须明白了社会学，才能够认识其原理，而批判其是非。更显豁言之，则相传的道德、伦理、哲学、宗教等等，均须根据于现在的社会学，而重新估定其价值。我认为社会学当作为各学院共同的必修科，其理由即在于此。

民胞物与，一视同仁；使世界之上，无一夫一妇不得其所；这是我们最高的理想。此非革命不足以达之。唯有社会学，示人以革命的可能，且示人以革命的途径。这才给现在被压迫的人以新希望，而且能唤起压迫者的同情心。现在世道人心，如江河日下，大家都觉得长此以往，人道或几乎息矣，都要设法挽回它，然皆不得其术。于是变为何健的提倡读经、戴传贤的崇奉喇嘛，段祺瑞的亦儒亦佛。其实此等方法，都不足以挽回世道人心。因为何健、戴传贤、段祺瑞等，都还是早一辈的人，他们对于经书、佛典，本有认识。所以今日追想起来，还觉得其足以救世。若在今日的青年，决不能接受此等条件。经书、佛典究能救世与否？我们姑置勿论，即谓其足以救世，而其物为青年所不肯接受，则提出亦属无益。我们既无法强青年以接受经书、佛典，则必须有以代之。唯有社会学，示人以无限改良的可能，达到太平郅治，使全世界中无一夫一妇不获其所的大道，自能引起青年无限的热心，而鼓励其勇气。所以一有社会学，道德教育的问题，就解决了。

还有：现在最为教育和学术之累的，实为国文。照现在社

103

会上通行的国文，一个大学毕业生，需要能谈晚周、秦汉的散文，看得懂谨严的法律文字，才够应用。这实在不是普通人所能够达到的。事实最雄辩，旧时私塾中，所读的只有国文一门，而且都是国文最基本的书籍。然其结果，通者亦不过十之一二。这就可见得此项国文的通，实在只有少数有天才的人能够。论者必说：既如此，各外国人治其本国的文字，何以会通呢？殊不知现在外国人所治的，都是语体文字，不似中国普通应用的文字，夹杂着与口语相离的前代语言；或仅少数人在纸上使用，而口里从未看过的语言。须知大多数人，总是现实主义的。要他在口语之外，再学一种异时代的语言，其为困难，实与学一种外国文相等。有一部分与口语相同，在此点较学外国文易，然此系一种高等用语，其意义较普通外国文为深。所以现在的所谓文言，绝非普通人所能通。然著书的人，以及公文信札的往来，用之者尚甚多。不通则不便应用。要通则所费的时间太多，而其结果仍不免于两百五。这实在是现在教育上一个大难题。要求教育和学术程度的增高，非把国文的程度降低一级，以节省精力不可。如此，则非全用白话不可了。废弃文言，倒不是文学上的难题，而是一个道德伦理上的难题。我们现在，有许多做人的道理，都是从相传的古训中来的。如四书中的语句或道理，为普通人所能了解而接受的便不少。此等古训，决不能代之以俗谚或通行的格言，因为其意义太浅了。又此等古训，乃封建时代的遗物。封建时代的人，意气感激，利他的意思较多。俗谚或社会上的格言，则是资本主义时代的产物。资本主义时代的人，计较利害之心重了。无论如何说得好听，核其内容，总不免含有商业道德的意味。商业道德，虽名为道德，实则是和道德正相反的。在哲学意味上，其高深超过于古书，而且丝毫不含利己的意义的，为佛学及宋明的理学。但是佛学太偏于消极了，理学书文学太坏，不能刺激人的感情，使人因文学上爱好，在德育上亦受其熏陶而不自知。章太炎先生说。这话是不错的。所以把古书一旦废弃，在青年的德育上，颇可成为问题。我以为感动人的，到底是事实而不是言语。仁为道德的根本，人能以仁存心，则大本已立，一切枝叶，都无问题了。而要启发人的仁心，则须（一）先示之以世界上的苦痛而须要拯救，（二）次则示之以拯救之方。前者佛教亦优为之，然其启示的救世的方法，实系绝路而不能实行。只有现在的社会主义，能兼二者之长。所以社会主义，一经成为普遍的教育，道德问题，就不成问题了。以此代古训，且可除去封建主义的副作用之害。

以上是我在当时，用讲演式起立所述的言语。前后亘一点多钟，并未能引起什么人的注意。但我仍深信此项见解，对于现在指导青年的问题，颇有参考的价值。因为现在青年所希望的，是一种新理想，而欲以革命的手段到达之；成人所希望的，是一种旧秩序，而欲以实行旧训条的手段回复之；以为其不能投机的原因，在今日文化大变动的时代，不能希望青年再走成人的旧路，而只希望成人了解青年的立场，赞同其宗旨，而以其丰富的智识和经验，加以指导。

我的话，似乎是责备成人的意思居多。但在青年，亦有不中不自省的。其（一）社会亦是一物，他本身有许多条理，能利用而能抵抗，正和自然力一般。这种条理，在成年的人，无论如何，要比青年懂得多些，所以一个成年的人，即使其宗旨是不革命的，对于办事的手段上，仍能给青年以许多裨益。其（二）在对于现代的局势，认识得不甚清楚，而其宗旨本来高尚纯正的人，则其对于青年，更能有一种很大的裨益，那便是中国人传统的所谓克己功夫。近来的人，都说中国人对于自然，缺乏奋斗精神，由于大讲自克所致。这话是否真理，现在姑置勿论。而人对于人，则克己的功夫，决不能没有，天下的事决没一个人能做的，必须要群策群力。人若毫无克己的功夫，势必至于引起内讧，其国体就要涣散败坏，不但不能有成，甚至于为敌人所利用。我现在追想起三十年前，梁任公先生的警告革命党的话来，还不禁要下泪。这些话，从辛亥到现在，可说是一一应验了。梁先生这一类的话，在当时，都刊布于其所发行的《新民丛报》中，现在还有编入其文集内的。虽然事隔三十年，我以为还是今日革命青年的金科玉律，很值

106

得一读。真正旧道德高尚的人，其克己的功夫，无有不深的。如能得到这样一个人，作为模范，实在是不可当面错过的。其（三）至于旧道德既高尚，而对于新时代认识又充足的人，自然更不必说了。"三人行必有我师焉。"能自得师，就是能教自，望今日之青年，三复斯言。

（原刊《青年》第六、七、八期，1940 年出版）

论青年的修养和教育问题

事情毕竟是青年做的，还记得我当十余龄时，正是戊戌维新的前后，年少气盛，对于一切事，都是吾欲云云，看得迂拘守旧的老年人，一钱不值了。后来入世渐深，阅历渐多，觉得青年虽然勇锐，却观察多失之浮浅，举动多失之轻率，渐渐不敢赞同。然而从辛亥革命，以至现在，一切事业，毕竟都是青年干出来的。中年以上的人，观察固然较深刻，举动固然较慎重，而其大多数，思想总不免于落伍，只会墨守成规，不肯同情变革，假使全国的人，都像他们的样子，进步不知要迟缓多少？进步一迟缓，环境压迫的力量就更强，现在不知是何现状了？

世间的事情，是无一刻不在变动着的，而人每失之于懒惰，不肯留心观察，懒惰既久，其心思就流于麻木了。外面的情形，业已大变，而吾人还茫然不知，以致应付无一不误，青年的所以可贵，就在他胸无成见，所以对于外界的真相，容易认识，合时的见解，容易接受，虽亦不免错误，而改变也容易，每一时代之中，转旋大局的事情，总是由青年干出来，即由于此。

既如此，青年对于环境，就不可不有真确的认识。如其不然，就和老年人一样了。

朱子说："教学者如扶醉人，扶得东来西又倒。"一人如此，一个社会亦然。任何一种风气，都失之偏重。中国的读书人，向来是迂疏的，不足以应世务，而现在的一切事务，又多非有专门技术不行，因此，遂养成一种重技术而轻学问的风气，多数人认为技术就是学问。

而真正有学问，或从事于学问的人，反而受到人的非笑。其实技术只是依样葫芦，照例应付，外界的情形，已经变动了，而例不可以再照，技术家是不会知道的。譬诸跛盲相助，学问家是跛者，技术家却是盲人，跛人离盲人，固不能行，盲人无跛人，亦将不知所向。而在社会的分工中，做盲人较易，做跛者较难。所以古人重道而轻艺，其见解并没有错。不过后来的所谓道，并不是道，以致以明道自居者，既跛又盲罢了。古人所以分别功狗功人，现代的人之所以重视领袖，亦是为此。

我并不是教个个人都做领袖，亦不是说只有做领袖的人，方才可贵，构成一所大厦，栋梁与砖石，原是各有其用，而其功绩亦相等的，但是做局部工作的人，对于自己所做的事情，也要通知其原理，而不可如机械般，只会做呆板的工作，则该是现代的文化，所以不同于往昔的。然一看现在社会上的情形，则此种新文化，丝毫未有端倪，而偏重技术，造成一种刻板机械的人的风气且更甚，许多青年，就在此中断送了。古人的错误，不在其重道而轻艺，乃在其误解道的性质，以为过于高深，为一般人所不能解，虽教之亦无益，于是不得不赞同"民可使由之，不可使知之"一类的议论了。其实人的能力，蕴藏而未用，或错用之者甚多，普通的原理，绝非普通的人所不能解，愚笨的人所以多，只是教育的缺陷罢了。

这所谓教育，并非指狭义的学校教育，乃指一般社会的风气和制度。且如现在：（一）既有轻学问而重技术，又或误以为技术即学问的见解。（二）而高居人上的人，大都是志得意满的，甚或骄奢淫逸，只有颐指气使之习，更无作育人才之心，所以只爱护会做机械工作的人。"堂上有悬鼓，我欲击之丞卿怒"，倘使对于所做的事情，有深切的了解，因而对于现状有所不满，而要倡议改革，那反会遭到忌妒和斥怒的。（三）又因生计艰难，年轻的人，都急于经济上有以自立，而要在经济上谋自立，则技术易而学问难。或且陷于不可能，舆

110

论的是非，其实只是他本身的利害，于是父诏其子，兄勉其弟，以致宗族交游之所以相策励者，无一非谋食之计而已。

（四）及其既得之后，有些人遂不免以此自足，不肯深求，到机械工作做惯了之后，就心思渐流于麻木，要图进取而亦有所不能了。久之，遂至对于环境，毫无认识，虽在年富力强之时，亦与老耄之人无异，此即程子所谓"不学便老而衰"。所以说：现在的社会风气和制度，把许多有为的人葬送了。不但如此，人是离不开趣味的。一个研究学问的人，看似工作艰苦，其实他所做的事情很有趣味，工作即趣味，所以用不到另寻刺激，作机械工作的人，就不然了。终日束缚之驰骋之于勉强不得已之地，闲暇之时，要寻些刺激，以消耗其有余而被压迫着不得宣泄之力，以生心理的要求而论，是很正当的，现代都会之地，淫乐之事必多，即由于此。因为都会就是机械工作聚集之所啊！现代的社会或政治制度，实不可不大加改革，其要点：是（一）无论研究何种学问的人，对于一切学问，都不可不有一个普遍的相当程度的认识，尤其是社会科学。（二）对于其所专治的一门，不可只学技术，而置其原理于不顾。（三）因为如此，所以用人者，不可竭尽其力，当使其仍有余闲，以从事于学问。依我的愚见，不论公务员或其他团体的职员，皆当使其从半日办事，半日求学，办事几年之后，再令其求学几年；其所学，当以更求深造或博涉为主，不可但求

111

技术的熟练，或但加习某种技术。如此，仕与学同时并进，再更迭互进，自然公务员阶级和职员阶级的气象，和现在大不相同。这才是真正的民主教育。凡物散之则觉其少，聚之则觉其多。把现在坐井观天的人，都引而置之井上，使其一见天似穹庐，笼罩四野的景象，社会的情形，自然焕然改观了。无论封建主义或资本主义，所要求于大多数人的，总是安分。这所谓分，并不是其人应止之分，只是统治者所指定的分罢了。这时代所谓安分的人，是受人家的命令而安分的，为什么那一块地方是我的分？为什么我要安于此。他自己是茫然不知道的，此乃迷的安分。依我的说法，则是人人明白了全体，从全体中算出自己的分地来的，可谓之智的安分。唯其如此，才能人人各安其分，而不致有争做领袖的事情，这就是民治主义根深蒂固之道。社会制度，是不易一时改革的，青年在今日环境之中，却不可不思所以自处，因为现在正是解人难索的时代呀！

孔子以知仁勇为三达德，前篇所言，只说得一个知字，人本不该以知字足，而且知和勇，都是从仁中生出来的。所以古人说："若保赤子，心诚求之，虽不中不远矣。"西哲说："妇人弱也，而为母则强。"孔子说："仁者必有勇。"王阳明说："知而不知，只是未知。"就是这个道理。

如其一个人志只在于丰衣足食，大之则骄奢淫逸。试问这个人，会懂得经济学财政学否？经济学是替社会打算的，财政

112

学是替国家打算的？志在丰衣足食，或骄奢淫逸的人，对于社会国家的问题，如何会发生兴趣呢？如此，经济学财政学所说的，就都是话不投机的了，你如何会读得进去？寻常人总以为人是读了某种书，然后懂得某种道理的，其实人是对于某种道理，先有所懂得，然后对于某种事实，会发生兴趣；然后对于某种书籍，才读得进去的。如其不然，就该同样研究的人，成绩都是同样的了，安有此理？

学问从来没有替个人打算的，总是替公家打算的，替公家打算，就是所谓仁。所以不仁的人，决不能有所成就。你曾经见真有学问的人，为自私自利的否？你曾见真有学问的人，而阴险刻薄，凶横霸道的否？这一个问题，世人或亦能悍然应曰：有之。而举某某某某以对。其实此等人并不是真有学问，不过是世俗所捧罢了。世俗所以捧他，则正由世俗之人未知何者谓之学问之故。所以真的学问，和道德绝无二致。

德行的厚薄，似乎是生来的，其实不然，古人说彝秉之良，为人所同具，此言绝非欺人。其所以或则仅顾一身一家，或则志在治国平天下，全是决之于其所受的教育的。不然，为什么生在私有制度社会中的人，只知利己，生在社会主义社会的人，就想兼利社会呢？我们现在的社会，在原则上，其相视，是如秦人视越人的肥瘠，然而云南南境的猓猡还有保存公产制度的习惯。他们的耕地，是按人数均分的。我们要加入他们的社会，只要能得到他们的允许，他们便立刻把土地重新分配一下，分一分给我们。而且相率替我们造屋，供给我们居住，这较之我们今日的人情，其厚薄为何如？难道是"天之降才尔殊"吗？仁不仁属于先天抑后天，可以不待辨而明了。

我们所处的环境，固然不良，然而我们既受到了较良好的教育，断没有人能禁止我们不自择良好的环境。良好的环境安在呢？

还记得清丁酉年（公元 1897 年），梁任公先生，在湖南时务学堂当教员，他教学生一种观法。他说："人谁不怕死？死其实不足为奇，你试闭着眼睛想着：有一个炮弹飞来，把你的身子打得粉碎，又或有利刃直刺你的胸腹，洞穿背脊，鲜血淋漓，此时你的感想如何？你初想时，自然觉得害怕，厌恶，不愿意想。想惯了，也就平淡无奇了。操练能改变观念，久而久之，就使实事来临，也不过如此。"读者诸君，这并不是梁先生骗人的话。明末的金正希先生，和人同游黄山，立于悬崖边缘，脚底只有三分之一在山上，三分之二，却空悬在外，同游者为股栗，先生却处之泰然。问他为什么要弄这狡狯以吓人？他说："这并不是弄狡狯，乃所以练习吾心。"他平时有这种功夫，所以后来守徽州时，临大节而不可夺。读者诸君，这并不是金先生独有的功夫，此项方法，乃自佛教中的观法，承袭变化而来，宋明儒者是看作家常便饭的。所以这一个时代，气节独盛。他们在当时，虽不能挽回危局，似乎无济于事，然其一股刚正之气，直留诒到现代，还大放其光辉。此所谓"城濮之北，其报在邺"。正如大川之水，伏流千里，迂回曲折，而卒达于海，正不能不谓之成功。

读者诸君！这种议论，你们或还以为迂阔，则请你们看看，现在街头巷尾，饿死冻死的，共有若干人，再请你到贫民窟中去看，他们所过的生活是什么样子？是不是所谓非人生活？你再回到繁华的都市中，看看骄奢淫逸的样子，你心中做何感想？你还觉得这些事快乐否？你虽不看见，你总还能耳闻，现在有些地方，你的同胞，受人欺凌践踏，比奴隶牛马还不如，这些人中，或者有你的亲戚朋友，甚而至于父母兄弟妻子在内，你心中做何感想？佛争一炷香，人争一口气，你觉得我们有求一个扬眉吐气的日子的必要否？还是以在目前你能够颐指气使的地方颐指气使为己足。想到此，不但志在丰衣足食，或者骄奢淫逸，是不成气候，就是有一丝一毫功名之念，亦岂复成其为人？读者诸君，人最怕太忙，把性灵都汩没了，不但驰逐于纷华靡丽之场为不可，就是沉溺于故纸堆中，弄得头昏脑涨，把我们该怎样做人的一个问题，反省的工夫，都忙得没有了，也不是一回事，孟子说得好："虽存乎人者，岂无仁义之心哉？其所以放其良心者，亦犹斧斤于木也，旦旦而伐之，可以为美乎？其日夜之所息，平旦之气，其好恶与人相近几希，则其旦书之所为，有梏亡之矣，梏之反复，则其夜气不足以存，夜气不足以存，则其违禽兽也不远矣。"从来非常之才，每出于穷僻瘠苦之乡，而必不生于粉华靡丽之地，就是为此，不可以不猛醒啊！

（原刊 1941 年 4 月 7 日《正言报》）

青年思想问题的根底

上海《青年月刊》，将次出版了。主持其事的先生，嘱我作一文，论现代青年的思想问题，我受到了这个嘱托，而"感不绝于予心"。

很难否认，现代青年的思想，是有浮浅之弊的。三民主义，自然是今后立国的方针，真能了解者有几人？即以他种主义论，其纯真自不及三民主义，舍其纯正者，而奉其不纯正者，其思想已不免于错误，然即舍此而论，真能了解此等主义者，又有几人？对于科学，有一知半解的，庸或不乏，然多固执其所学的一科，以为天下事就可以从这单方面解决，这已不免于错误了，而况其前这单方面的议论，有时候，也不免于鲁莽灭裂。中年以上的人，思想往往顽固了，不足以应付现局，老年人更不必说了，前途之所属望，就在青年，而青年的思

117

想，浮浅如此，宁不令闻者扼腕？

青年的思想，为什么浮浅？思想是环境的产物，所以孔子说：“鲁无君子，斯焉取斯。”青年人的思想，可以前进而矫正中年以上人的错误，然其使青年人，能运用其思想的，则其初仍必由于中年以上人的启发。故青年的思想而正确，中年以上的人，亦无所让其功；青年的思想而错误，中年以上的人，亦无所辞其咎，然则中年以上的人，为什么会替青年造成这一个不良的环境呢？

说到这里，则话要说得远一些。

还记得二十年前，我和一位老辈谈天，这位老辈，还是及见太平天国之事的。兴言及此，他就问我：“你知道现在的中国，为什么弄得如此糟吗？”我肃然而前曰：“不知也。”他就惨然道：“欲善国事，先正人心，而欲正人心，则必先求其反于诚朴。洪、杨乱后，井里丘墟，疮痍满目，正是个好真反朴的时机了，却一点没有这种气象。官场做事的敷衍，见利之贪求，以及其夤缘奔竞，甚至读书人也但求幸进，只想发财，丝毫不讲气节，亦无复大志，这都是我所目击的。中国讲洋务，还在日本变法之先，而成效却远落其后，到现在，处处受日本人的欺侮，其原因就在于此呀！莫说别的，但把中国的招商局，和日本的汽船会社比较，便可知道了。”他又再三叹息，说：“中国人根本上的毛病，在于不俭，不俭所以不勤，因为

118

奢者必求享乐，一偏重于享乐，其脑筋就渐渐昏愦，而体力也日即消沉了。"

这位老辈的话，是不能不承认其含有相当的真理的，然则何以解决这问题呢？说到这一点，则我们又得要推论到较远之处。

人，总是要想享用的，这是无可如何的事。固然，总有一班勤生薄死，志不在乎享受的人，然这总只是少数。这一点，我们不能不承认他是社会学上的事实，而其原因具在于生物学上。致治的根源，在于道德，道德败坏，而欲恃法律以资补救，总是无济于事的。此理甚明，而古人论者亦已甚多，而不着再为辞费了。道德如何而能振起？那必先求经济生活上，能成立一个平衡。这话怎样说呢？须知每一个人所要求的物质生活，总是有一个标准的。这一个标准生活，不必作奸犯科，而亦可以求得，则在官场中，自能显出一种大法小廉的现象；而在社会上，亦能显出一种方正不苟且，恬静不贪求的现象。此时的道德，就有相当的权威，而政治上的纪纲，就觉得整饬，社会上的风气，亦觉得淳朴。反之，就难说了。自西洋物质文明发达以后，把人的生活程度，提高了一大段，这种影响，在中外交通的局面之下，自然要及于中国的，于是中国人和这种新局面有接触的，无形之中，其生活程度，也逐渐提高了，这个较高的生活程度，是否能用旧时的生产方式取得？具体地说，譬如一个中国人，要吃大菜，住洋房，坐摩托车，用一切洋货，是否用其旧时的生利方法，可以取得？实在大成问题。其不足愈甚，则其贪求愈甚，而旧时道德上的教条，就逐渐失其威力。道德逐渐堕落，自然一切事都办不好了。这是中国近数十年来，纲纪颓敝，风气败坏的总原因，而亦即是其真原因。非在经济生活上，再建立一个新平衡，使道德复有权威，绝无根本救济之策。

这不但是中国的问题，亦且是绵亘于全世界的一个问题。因为在现在，全世界的经济生活，实已都失其平衡，而且世界上各处的经济，都互相关系，各处都需要调整，而又非合全世界而通筹，是绝没有彻底调整的希望的。

然则政治纲纪和社会风气的前途，都是无可设法，而只得听其自然了。不，少数勤生薄死，不汲汲于自己享受的人，总是有的，而社会的进步，亦总不能听其自然，而必须加以人力，使之促进，这就是每一个时代中进化的先驱者了。这一种先驱者，在现代，一个人或少数人，其力量是不够的，而必须成为一个集团。

思想是指导行为的，感情又是指导思想的，唯其好之，然后能与之亲，唯其日与之亲，然后能有所入。陆象山讲君子喻于义小人喻于利一章，精义就在于此。断没有志在于声色货利的，而能够精通治国安民之术的，亦断没有心存于己饥己溺，而终与流俗为伍，入于奇邪之路的。因为流俗者和奇邪者之所求，不过一己之名利而已，然则青年欲求思想之正确，先决问题如何，曰立志。

（原刊《青年月刊》，1945 年 12 月 1 日）

如何培养和使用人才

实行实业计划，最初十年内所需各级干部人才，共计2464200人，这话很足使我青年自奋于功名之途，我青年值此千载难逢之时，不可不有一种修养，以便自效于民族及国家，我在第一篇中，业已说过了。但青年虽不可不自勉，而在国家一方面，亦须有一种计划，方能养成和驱遣这一班人才。所以我在这里，又要做一个刍荛之献。

在贡献这刍荛之见以前，我先要说两句话：其（一）一切制度，总是前后相沿的。每当改制之时，参与其事者，多能精心擘画，求其改善，其不合乎理想者，则系迫于事势，不得不然。精心擘画者，固未必能皆善，然亦不能一无是处，且何以求善而不能善，其中亦必有故，不可以不深求；至迫于事势而不得不然，那更可以看出这件事情在进化中所走的路线，及其所受他方面的影响了。这如何可以不留意？乃有（A）一种不知古今的人，总以为从前的制度，毫无价值，把它一笔抹杀。（B）其意在鼓吹的，则又一切都把一个主观来解释。如昔日攻击君主专制政体时，则将一切制度，都指为君主一人欲保其权位的私心；在今日提倡阶级斗争时，则又一切指为阶级的偏见：这如何能得其真相？因其粗心浮气，遂至冥行擿涂。所办的事，不徒仍蹈前人的覆辙，甚至前人久知其弊，欲立法以矫之者，亦躬蹈之而不自知。这真所谓生于其心，害于其政了。其（二）一切事情，都不能免于积弊。积弊本应尽力驱除，然往往非人力所能胜，遂不得不与之调和。此等调和的制度，大都没有革命的精神，而非今所宜出。所以任何一种制度，倒要回到较早的时代，乃能了解其原理，而其事亦较为可法。这是我在贡献刍荛之见以前，所要说的两句话。

本此意见，以论今日养成及使用人才之方，则我又有两句话要说：

其（一）人才宜随事养成；既养成任用之后，仍宜奖励其进修；且许多移转于他途。一件事情，总有一件事情特殊的性质，除非养成人才的机关，就是为这一件事情而设，从他处学来的，总不能与之吻合。这是各国职业教育的兴起，必须在实业发达之后的原因。苏联的五年计划，动员专门人才很多，亦是先有了计划，而后加以训练的。中国提倡职业教育多年，然教育自教育，事业自事业，遂有学成而不适于用，或则不能得职之病了。实行实业计划最初十年所需人才，系指铁路、公路、空运、水利、机车、自动车、电力、矿冶、港埠、电信、商船、食品工业、衣服工业、居室、卫生、机械、印刷十七种事业而言。政府所定的计划，是有其计即有其事，且可随其所办之事，养成人才的，既不虑学非所用，亦不虑无所得职。然因一事的应用而养成的人才，往往偏于技术的，而于学理方面，嫌其知识的不足。又其人只知技术，则无远大的志趣，而日事机械的工作，其人格遂渐致堕落，所以仍宜奖励其进修。欲奖励其进修，则必时加拔擢，须知举士、举官，截然分为两途，而一经服官，被举之事遂少，只是后世之法，在古代本不如此，这是观于汉世之事而可知的。在汉世，除特诏征求，指明系岩穴之士者，不得举已仕之人外，其余的举者，实系已仕之人居多。如孝、廉本分两途，廉即偏重吏职。和帝永元五年诏，且谓先帝明敕所在，试之以职。凡被举的人，都补三署郎，光禄再于其中举茂材四行，亦多是业经服务的人。人的志趣，往往时有转移。见异思迁，固然不可，然才高之人，往往所知者博，正不宜拘于一途，限其所至。又其得职之初，或因迫于生计，或则限于机遇，勉就一职，实非所乐，强使其于不乐之

124

途，勉强从事于机械之工作，所成就者必小，亦不免毁坏人才。所以拔取之途，断不宜以本门为限。至于就本门之中，能更求深造者，宜于提高其地位，那更不待言了。今宜定多种考试，凡官吏必有休假之时，在休假之时，不分门类，一律皆许应试。所试在本门中高第者，即在其本途之中，取得一种新资格。在他们中高第者，其人如愿改就，亦即许之。如此，则已就职者必能自奋于学。人人能自奋于学，于其所任之职，必多裨益，无待于言。且能从事于学，则志气自然远大，趣味自然高尚。如今之公务员，愿者意兴索然，日流于虚应故事，且于法意毫无所知；狂者则荒淫怠惰，至于旷官溺职之弊，自然可免了。从政所资，端在技术。然实以能通知原理为贵，有远大之志趣为良，此各国拔取官吏者，所以必先问其学历，且奖励其于休假之日，更从事于进修。我国古代亦系如此，如董仲舒对策，深病"长吏多出于郎中、中郎、吏二千石子弟，选郎吏又以富资"。以富资选郎吏，不过事实如此，在法律上必有别种资格。其资格如何？今日固难深考，然通观汉世制度，即可知其必偏重经验。此等人实不能谓其无技术，然论者多致不满，而公孙弘请就"以文学礼义为官者"，优其出路，则史家称美其"自此以来，公、卿、大夫、士、吏，彬彬多文学之士"，这就是看重学问，过于经验，这原是不错的。但到后来，不当矫枉过正，偏重

125

学问，忽略技术，致使为官者于政事一无所知罢了。凡矫枉过正，总是有流弊的。近来议论，似又太偏重技术，所以鄙意欲预防其弊如此。

其（二）凡用人者，必宜使其生计赡足，俯仰无忧。这是最普通的议论，人人所知，无俟解说的。然居今日，欲使官吏生计赡足，俯仰无忧，实倍难于往昔。前代货币之用未弘，官禄多给实物，其实值不易变动；即有一部分分支给货币，除圜法大坏之际，其价格，亦是不易剧变的。近世币值的低落，远较前代为亟。此在平时亦然，经过战乱，更不必说了。以货币支给报酬，其增加之率，总不能与物价之增长相应，而官吏的生活就陷于困难了。革命之际，凡事皆宜改弦更张。在今日，一切支给，颇多按实物论值的，则在政府，正不妨顺应事势，对于官吏，毅然按价格指数给俸。此事论者必以为难，然亦不过狃于成见而已。晚近不论官私，每逢物价增长之际，多有各种津贴，如米贴、房贴之类，战前即已有之，此岂非按实物增俸？不过枝枝节节而为之，受者的生活，仍不能安定而已。理财之道不怕支出之多，只怕局势不能安定。支出增多，经过一番调整，即另系一种打算，不足为患。唯局面不能安定，即事业不能进行，其损失甚大。然则薪俸问题，与其枝枝节节而为之，而仍不免于争端，何不痛痛快快解决一次，可获一时期之安定呢？凡任公务员者，多系家无恒产之流。此等人的收入，未必逾于下流社会，而因身份关系之故，相当的生活，不能不勉力维持；又其知识程度较高，则其欲望较大，如卫生、医疗及子弟的教育等皆是，此其所以恒感不足，在国家决不可无以保障之。保障之法：最紧要的，便是按生活指数给俸。人生须用，不过衣食住行。行的问题，非个人所能解决，除大都市中，所居距办事处遥远，或须酌给车资外，其余可置勿论。衣宜合布、帛、裘、绵四种，至少须绵与布两种。食宜取米、盐、油、糖、茶、肉类、蔬菜、燃料八种。房产，自有住宅者不给，赁屋居住者，则按普通价格计算。凡此，皆按一家八口之所需，视其指数而给之。而于同时，即可奖励其举办合作社，凡合作社的物价，必系按趸批或直接买自生产者之数论值，其价必较零售商店为廉。指数薪给，以合作社的物价为准，受者自感加入合作社的必要，推行合作社，又可得一种助力了。一个人的支出，并不是终年一律的，所以旧式店肆，以及新的实业机关，多不以十二个月论薪，而且多于年节等需用之时增给。国家的待遇公务员，于此点亦似可仿效。而其尤要的，则公务员除年功加俸之外，勤于其职的，又必别给奖励。奖励之所给，最好视其高等兴趣之所在，给以实物。如好研究某种学问，即给以研究所需的书籍、仪器等是。人生用度，实可分为（A）必要、（B）自由、（C）有益三类。人每易将有益之部分，移用于自由部分，甚者并必要之部分而亦移用之。

公务员加入合作社者多，薪给的一部分，或可反古复始，给以实物；奖励之款，又得此办法以限制之；则此弊可免，而公务员的上进，更容易了。

（本文写于 1945 年，为未刊稿）

漫 谈 教 育

日月重光，普天同庆，然而在沦陷区里，经过了八年暗无天日的生活，滋长了不少的毒菌，正有待我们慢慢地扫除。在平时，谈教育似乎是件迂缓的事情，这种见解，泰半由于一班人对于教育两字的解释不正确；因为在一班人的眼光中，所谓教育，不过是读书罢了，舍读书而外，便无所谓教育。这种误解的结果，不独使人轻视教育的效能，同时也使教育不能入于正轨。

在陷区的城市中，敌伪的奴化教育机关，我现在不把它算在账内。《春秋》责备贤者，我单就散布在京沪一带，各村各镇许多不甘附逆的学校来说说。乡间诸校，和沪上各校最大的不同处，便是膳食多由学校代办，学生每人每学期缴纳膳米若干斤，通常是漕称一百八十斤。柴菜费折合米若干斤，其余便不问信了。少数学校，虽也容许学生组织膳食委员会，可是多数是虚有其名的，否则便与校中主其事者通同作弊，有分赃的嫌疑，所以乡间各校，不闹风潮则已，闹则必以膳食问题开场。学生闹风潮，原算不得好事，单靠胡闹，自然更不是解决事情的办法。可是我却也不敢说学生自己的事情，绝不容许他们过问，是个公允的处置。平心而论，学校之代办膳食，也有许多不如人意处。我记得三十一年初秋，我在南乡某校教书，其时天气正势，苍蝇多得不了，校中每到中饭过后，便把吃剩的饭，平铺在匾内，放在礼堂里。白白的饭粒上，满盖了一层乌黑的苍蝇，而校中执事诸公，熟视之若无睹；到了晚上，厨房因为省柴，便不再烧饭了，只拿温水把饭一□ 这水是不曾烧沸的。就拿出来给学生吃，学生因为天热，易于入口，也就不管卫生不卫生与水之沸不沸了。有一次，几个学生缴来的膳米，已经受湿发霉，因为他们与庶务有私交，校中也就接受了。全校师生数百人，就吃了十天霉米饭。这还不奇，西乡某校，校中本来有井的，因为校役贪懒，不肯吊水，所以烧茶煮饭，都是用的厨房附近沟内的死水。这水可美丽极了，颜色是暗绿的，面上还浮着一层密密的水草，各种各样的小虫儿，在里面漂浮着，如果用显微镜一照，也许是古生物学上的一篇好报告，可是绝不是二十世纪文明人的好饮料吧。而且校中供给学生的饮料，数量上往往不很充足，天气热的时候，就有许多人喝冷水，其危险更不必说了。学校是教育机关，主其事的人，看了这些事情，而无动于衷者，其意岂不曰："我们在这艰苦的时候办学，只要学生肯读书就好了，他非所问。"殊不知教育之最大目的，便是注重现实生活而改善之，忽视现实生活的重大问题，便大背于教育的原则了。近数年来，乡间学校林立，在理论上讲来，正是开发乡村文化的好机会，然而事实上别说乡间一般文化水准，没有提高，就是受过中等教育的学生，其谈吐见解，竟同没有受过教育的人一样。这种轻视现实生活的教育，便是陷区奴化教育的特色。乡间诸校，虽不甘心奴化，无形中却也受其影响了。所以在陷区诸校中，有些科目，不能教授，有些教本，必被删改，而读经一课，却特别被重视。请问：如果一个人对于实际生活情形，一无所知，普通常识，全不了了，熟读了《论语》《孟子》，又有何益？说到此处，我又想到一件事了。近几年来，陷区中偶像教盛行，有些是曾经被政府禁止而在恶势力下复活的。其礼拜的是老母（？）①济公、孙行者等等，信其教的，除诵读其教中莫名其妙的经典而外，还要读《论语》《孟子》。乡间愚民，从之者如归市。最初我见了，毫不在意，以为是陷区中应有的事情，后乃知其大不然。原来在这些"愚民"中，竟有许多中学生在。我有

---

① 原文如此。

时也问他们，何以会信偶像教。有些学生回答不来，有些则回答我："他们也教《论语》《孟子》，同学校里差不多。"我身为教员，听了不由惭愧，讲教育而不顾及实际生活，只知背死书，诵经典，其自身也就与偶像教不远了。然后知为陷区中偶像教驱信徒者，今日之恶教育也。

抑有进者，近几年来陷区中学风之劣，几乎是无人不知的。然而要说其曲全在学生，我班身为教员，也颇不平。大家知道乡间的赌风，是极盛的，学生在宿舍中打扑克、叉麻将，不算一件事，往往十二三岁的小学生，入学之初，就把学杂费赌光了。正经些的学校，知道了这些事情，竟开除两个，遮遮场面；烂污些的学校，就装痴装聋，索性不问了。教员们谈到此等事情，往往疾首蹙额，而无办法。殊不知乡间赌风之盛，实因乡间缺少正当娱乐所致。我最近来沪，问知沪上友人，知道上海学风虽不好，学生好赌的习惯却没有，就是一个证据。我记得在南乡教书时，有一天，操场上放着一辆独轮小车，这东西在乡下，虽见惯司空，然仍有许多学生，围着争着推它，这样，直玩到上课，才流着汗红着脸走进教室。我当时见了，心中很多感慨。觉得乡间学生之爱胡闹爱赌，安知不是因其游戏本能不能正常发展之故呢。

如今天日重光，陷区各地教育，都正式有人负责了，我愿意负责复兴陷区教育诸公，对下列两个问题，特别注意，问题是：（一）怎样使教育与实际生活发生关系，而远离偶像崇拜。（二）怎样才能使每个青年，都得到正当和高尚的娱乐机会。

（原署名：左海。原刊《月刊》第一卷第二期，
1945 年 12 月 10 日出版）

新年与青年

"分明昨夜灯犹在，忽被人呼作去年。"张船山诗。一样的一个日子，一经定为节日，人心上就觉得有些不同，这是什么缘故呢？

诸位总还有读过《论语》的，《论语》上有一句："颜渊问为邦。"为邦就是治国，孔子在积极方面，答复他四句，第一句是"行夏之时"。所谓行夏之时，就是把旧历的正月，定为正月，算作一年的开始。这个在历法上谓之建寅。古代的历法，还有把旧历的十一月算正月的，谓之建子；把十二月算正月的，谓之建丑；都是孔子所不取的。后世遵从孔子的遗教，汉武帝太初元年，定以建寅之月为正月，其时还在西历纪元前一百零四年，下距民国纪元二千零十五年了，把那个月定做正月，究竟有什么关系，孔子要看得如此郑重呢？

人们做事情，总要把它分作若干段落。到一个段落告终，又一个段落开始，就要把旧的事情，结束一番；新的事情，预备一番；其间则休息几天。如此，做起新的事情来，才会有精神，有计划；而当这新旧交界之间，就觉得有一番新气象。这种段落，有的纯出于人为，有的则是自然所规定的；大抵一切事情，都可由人随意制定，只有农业，不能不受季节的支配。中国很早就是个农业国。全国中大多数人，都是以农为业，而政治上，社会上一切事务，也是要随着农业的季节而进行的。在农业上，把旧的事情，一切结束完毕，再将新的事情，略行预备，而于其间休息若干天，这在建丑、建寅两个月之间，最为相宜，所以孔子要主张行夏之时。《礼记》里有一篇《月令》，《吕氏春秋》里有十二篇《十二纪》，《淮南子》里有一篇《时则训》。这三种书，大同小异，其根源就是一个。他的内容是（一）规定某月当行某项政令，（二）又规定某月不可行某项政令，仿佛学校里的校历一般。我们现在将学校里规定一学年中行政事项一张的表，称为校历，则这三种书，可以称为政历；学校里，倘使不照校历行政，当春秋温和之日，放起假来；冬夏寒暑之时，反而开学，岂非很不适宜？那么，一国的行政而凌乱失序，其贻害就更大了_{如当农时而筑城郭、宫室；修理堤防，通达沟浍，不在雨季之类。}所以孔子要主张"行夏之时"，而"行夏之时"这一句话，其内容所包括者甚广。然则

135

从前人们，所以每到新年，总觉得有一番欣欣向荣的新气象，并不是什么无意识的举动，贪着新年好玩，因为在做事情的段落上，是需要一个结束，一个预备，和中间若干天的休息，而这段落的定在这时候，是确有其理由的。

孤岛拘囚，转瞬两年了。在这四面氛围，而中间仍保留着现代都市气味的孤岛上，再也看不见旧时的所谓年景。老实说：在工商社会里，年和节，是没有多大意义的。因为人们休息不到几天。而且在工商社会里的人，是真正赤贫的。什么叫作赤贫呢？赤就是精光的意思，就是一点都没有了。在辞类中，也说是一贫如洗。真正把人们的东西搜刮得精光的，不是天灾，也不是人们所看着惊心动魄的人祸。这些，都不能把人们的所有搜刮得精光的。真正把人们的所有搜刮得精光的，是商业。你如不信，请你留心观察。我们走到远离都市的乡下人家，看得他很苦，可是他家里，总拿得出一些东西来，什么糕啊、饼啊、团子啊，为过年而做的菜啊，甚而至于家酿的酒啊。这是我们在旧式的村镇上，或者小城市里，访问亲戚时，所常常吃到的。在大城市或大都会里，你试去访问一个中等的薪给者之家。他家里有什么东西呢？要是检查比较起来，一定不如一个乡农家里的丰富。这些都到什么地方去了呢？不是天灾把它消灭了，也不是有形的人祸把它抢去的，倒是有着极和蔼的面目的交换，把你所有的，都搜刮去了。你不见现在的市

136

廛上，五光十色，充满了劣货吗？谁觉得它有前线上血飞肉搏的可怕？谁知道它的可怕反甚于血飞肉搏，而人们所以往往要血飞肉搏，正是为着交换上的有利呢？交换的起源，难道是如此的吗？作始也简，将毕也巨，人们做一件事情，往往不察实情，只是照着老样子做，事情的内容，早已改变了，而做法还是一样，到后来，就要控制不住这件事情，而这件事情，反像怒涛一般，把人们卷入其中，莫能自主了。一切制度，都是人为着控制事情而设立的，到后来，人反被制度控制了，就是为此。我曾说：家族制度，交换制度，是现社会的秩序的两根支柱。倘使把这两根支柱拉倒，现社会的面目，就全变了。家族制度，此篇中无暇论列。交换制度，看上文所说，可以略见一斑："拨乱世，反之正，莫近于《春秋》。"《太史公自序》中语。我劝现代的青年，不可不找一部现代的《春秋》来，仔细研究研究。

还记得我在儿童时代，每遇新年，总是欢天喜地的。吃啊！玩啊！在隔年，只恨新年到来得迟；开了年，又恨新年过去得快。丝毫不知道愁苦。在青年时代，也还保存着这种豪兴，那时候，看见家里的大人，遇到年节，不以为乐，反有点厌倦的意思，全然不能了解。到成年之后，家计上身，就渐渐踏上前辈的旧路了。做糕团啊！做过年的菜啊！到亲戚家里去贺年啊！送礼物啊！给小孩子压岁钱啊！给用人赏钱啊！在在须钱，而且事事费力，总而言之，就是"劳民伤财"四个字。如此几个年过来，自己也不免觉得有些厌倦了。难道过年的初意，是这样的吗？我们的老祖宗，都是乡下人。我们现在过年过节的风俗，都还是农村上带来的，农村上的生活，远不如普通城市里的紧张，更无论大都会了。那时候，我们有的是工夫，有的是精力，亲戚朋友，得暇正要去看看他们呢，正盼望着他们来呢。交际酬酢之间，真意多而虚文少，何至以酬应为苦！农家所有的东西，还没给商人搜刮净尽。家里有的是材料，娘们有的是工夫和精力，趁这岁晚余闲，做些菜，做些点心，何妨大家乐一乐。在这种风俗，照新说法也可以唤作制度，创始的时候，原是和环境很适合的。到我们迁居城市之中，甚而至于现代的大都会之中，就面目全非了，新环境不能适用于旧制度，正和身体长大了，不能再着小时候的衣服一般。然而人，为什么拘守着旧制度，反做了制度的奴隶，以致自寻烦恼呢？因此想起来，我们的老祖宗，住在农村上，喝没有自来水——那时候，原用不着自来水的。农村倘使靠近大河，临流而汲，原很清洁，如其不然，凿井而饮，因为居人的稀少，井泉来源，也不会污秽的。走没有马路，那时候，原用不着马路的，因为没有摩托车，也没有马车、独轮小车，旧式的街道，也尽够走了。然则一切事物，我们现在觉得不适宜的，当其起源的时候，都是很适宜的，病只在于我们的守旧而不知变。我们为什么不知道审察环境，以定办法，而凡事只会照旧老样子做呢？我们几时才能以理智驾驭事物，而不做事物的奴隶呢？这是一个文化的大转变。其责任，就都在青年身上。

在过年的时节，有的是玩。玩的事是些什么，列举是列举不尽的，我们只能总括地就其性质上说。《孟子》上有一句"博弈好饮酒"。我想这正可以代表玩的分类：

$$
\text{玩} \begin{cases} \text{争胜负的} \begin{cases} \text{博} \quad \text{凭命运的} \\ \text{弈} \quad \text{凭计划的} \end{cases} \\ \text{不争胜负的——饮酒} \end{cases}
$$

博弈饮酒，虽然是玩的事，可是做正事的性质，也不外乎此。我们做事，有些事，成败是无从预料的，只是尽人事以待天命，这是博的一类。有些是多少可以人力控制的，多算胜，少算不胜，这是弈的一类。浅而言之，似乎弈远优于博。然而世界上的事，不能以人力控制的居多。即能以人力控制的，其可控制的成分，亦远不如弈。倘使我们做事，件件都要计出万全而后动，那就无一事可做了。然而在能以人力控制的范围中，我们总还要谋定而后动。所以我们做事，该用下棋的手段，又要有赌博的精神。赌博的精神，是被世界上的人看作最坏的精神的。我现在加以提倡，一定要引起人们的误会。然而赌博的精神，本不是坏的。坏的是赌博的事业。赌博的事业，是借此

139

夺取财物的，所以为人们所鄙视。谁使你将可宝贵的、值得歌颂的赌博精神，用之于夺取财物呢？真正的赌博精神，不计一己的成败，毅然决然，和强大的势力斗争，这真是可宝贵的，值得歌颂的。把这种精神，用之于夺取财物，正和有当兵本领的人，不当兵而做强盗；有优裕武力的国，不用之于义战，而用之于侵略一样。

现在所过的是新历的年，新历虽然颁行了已经二十八年，人民过新历的年，绝还不如过旧历年来得起劲而有兴味。这是无怪其然的。因为中国是个农业国，在农业上，把旧的事情做一个结束，新的事情做一个预备，其时节，在新历的岁尾年头，确不如旧历的岁尾年头为适宜。且如商人，做了一年买卖，总要把账目结束一下，然后可算告一段落。内地大多数的商店，虽然开设在城市，其众多的主顾，实在农村。各小城镇商店的结账，要在农村收获，把谷粜出了以后。各大都会商店的结账，又在各小城镇的商店结账以后。如此，也非到旧历的岁尾年头不可了。所以四民之中，真正不受季节的支配的，只有士和工两种人。然而这两种人，在全中国是少数。旧式的工人，都兼营农业。人是社会动物，看了大多数人，都在什么时候结束旧事情，预备新事情，休息若干天，把这个时节算作办事情的一个段落，自会受其影响而不自知的。这也有益而无损。在未行新历之前，学校每于旧历的岁尾年头，放年假。新历颁

140

行以后，觉得名实不符了；在国民政府统一以后，且为法令所干涉，于是改其名曰寒假。有些地方，还有寒假其名，年假其实；有些地方，则真正把寒假和年假分开，旧历的岁尾年头在开学了，然而仍为人情所不乐。即教育家，也有说："旧时的年假，使乡村人家在城市中读书的孩子，在这时候，回去看看他们的父母亲，练习社交的礼节，知道些社会上的风俗，是有极大的意义的。"历法的改革在于去掉三年一闰的不整齐；在于和世界各国可以从同，便于记忆，省得计算，我也赞成。但是政令上所定的岁首，根本上用不到强迫人民视为办事的一个段落。相传中国古代，建正之法，本有三种：一种是建子，据说是周朝所行。一种是建丑，据说是商朝所行。一种是建寅，据说是夏朝所行。然而《周书》的周月解，有这么几句话："亦越我周王，至伐于商。改正异械，以垂三统，至于敬授民时，巡狩祭享，犹自夏焉。"通三统，不过是后来的学说。儒家认为夏商周各有其治法，应循环迭用的，即夏尚忠，继之以殷尚质，再继之以周尚文，而仍返于夏尚忠。所以依儒家之说：一代的王者，当封前两朝的王者之后以大国，使之保存其治法，以备更迭取用，二王之后，仍得行前代的正朔的。事实上，大约在古代，夏商周三个部族，是各有其历法的。后来三个民族渐次相同化。因为建子、建丑，不如建寅的适宜。于是在国家的典礼上，虽然多带守旧的性质，不能骤变，而在民间的习惯上，则这一点，渐次和夏族同化了。于此，可见国家所定的岁首，能和社会做事的段落相合固好，即使不然，也不要紧。正不必强迫人民，定要把这个时候，作为新旧交替的界限。况且古代，国家的地方小，全国的气候，比较一律。民间做事的段落，其时间，自然也可以划一了。后世疆域广大，各地方的气候不同，做事的段落，就根本不能一致，当此情形之下，自没有强行整齐的必要。所以我的意思：国家所建的正，和人民所过的年节，在古代可合而为一，在后世必须分而为二。这是世事由简单而趋复杂，不得不然的。十年以前，强迫学校每当旧历的年关不许放假；商店在旧历的年关不许停业；人民在旧历的年关不许放爆竹、行祝贺等；根本是不必要的干涉。我在当时曾经说：把年节公然和岁首分开，定在新历的二月一日，就容易推行了。曾把此意叩问过二十多个大学生，没有一个以为然的，而他们也并说不出什么理由来。廖季平先生的见解自然是近于守旧的，晚年的议论，且入于荒怪，自不能解决现代问题，然而他有一个议论，说："全地球的历法，应当依气候带而分为好几种，不当用一种。"这种思想，却甚合理。

这一议论，说它做什么呢？难道在今日，还有工夫来争年节该定在什么时候吗？不是的，我说这一番话，是表示一个人的见解要宏通。一件事，关涉的方面多着呢！内容复杂得很呢！一个人哪里能尽知？所以在平时，要尽力研求；在临事之时，要虚心访问，容纳他人的意见。如此，才可以博闻而寡过。在政令干涉人民用旧历之时，有一个手持历本，在火车站上叫卖的小贩，叹息说："现在老法的历本被禁，连贩卖历本的生意也难做了。"旁边一个人问他："你看还是老法历本好，还是新法历本好？"贩卖历本的人说："自然是老法历本好。"旁边一个少年，怒目而视道："为什么老法历本好？你怎会知道？"眼光盯牢这贩卖的人久久。这个少年的意思，是真诚的，然其愚可悯了。他竟认为禁绝旧历，推行新历，对于国家社会，真有很大的关系。一个人怀挟着这种意见，固然不要紧。然而社会上这种浅虑的人多了，就要生出许多无谓的纷扰来，无谓的纷扰多，该集中精力办的事，反因之而松懈了，所以凡事不可不虚心，不可太任气，偶因新年，回忆所及，述之以为今日之青年告。

（原刊《青年半月刊》第 1 卷第 6 期，

1940 年 1 月 1 日出版）

143

孤岛青年何以报国

蛰居孤岛，倏忽三年了，望烽火之连天，欲奋飞而无路，我们究将何以报国呢？

报国宜于各人站定自己的更位，今作岗位。凡守望者必按时更易，故称更。能就实际有所工作，固然是报国。如其所处的地位，暂时无可借手，则潜心研究学术，亦不失为报国的一端。这固然是老生常谈，然行易知难，断不容把难的工作反看轻了。

单说研究学术，似乎太空泛了些，我现在，指出青年研究学术应该注意的两点。

其（一）眼光要放大。大不是空廓不着实际之谓，乃是不拘拘于一局部，则对于所专治的学问，更能深通，而出此范围以外，亦不至于冥行擿埴。关于这一点，雷海宗先生的话，

144

可谓实获我心，*此篇系《大公报》星期论文，题曰《专家与通人》，今据二十九年四月八日《中美日报》每周论选节录。*他说：

专家的时髦性，可说是今日学术界的最大流弊。学问分门别类，除因人的精力有限以外，乃是为求研究的便利，并非说各门之间，真有深渊相隔。学问全境，就是对于宇宙人生全境的探寻与追求。各门各科，不过由各种不同的方向和立场，去研究全部的宇宙和人生而已。人生是整个的，支离破碎之后，就不是真正的人生。为研究的便利，不妨分工，若欲求得彻底的智慧，就必须旁通本门以外的智慧。各种自然科学，对于宇宙的分析，也只有方法与立场的不同，对象都是同一的，大自然界，在自然科学发展史上，凡是有划时代的贡献的人，没有一个是死抱一隅之见的。他们是专家，但又超过专家。他们是通人。这一点，总是为今日的专家与希望做专家的人所忽略。

一个科学家，终日在实验室中，与仪器及实验品为伍，此外不知尚有世界，这样一个人，可被社会崇拜为大科学家，但实际并非一个全人，他的精神上的残废，就与足跛耳聋，没有多少分别。再进一步，今日学术的专门化，不限于科。一科之内，往往又分许多细目。例如历史专家，必须为经济史或汉史，甚或某一时代的经济史或汉代某一小段。太专之后，不只对史学以外不感兴味，即对所专以外的部分，也渐疏远，甚至不能了解。此种人本可称为历史专家，但不能算历史家。片段的研究，无论如何重要，对历史真要明了，非注意全局不可。我们时常见到喜欢说话的专家，会发出非常幼稚的议论。他们对于所专的科目，在全部学术中所占的地位，完全不知，所以除所专的范围外，一发言，不是幼稚，就是隔膜。

学术界太专的趋势，与高等教育制度，有密切的关系。今日大学各系的课程，为求专精与研究的美名，舍本逐末。基本的课程，不是根本不设，就是敷衍塞责。而外国大学研究院的大部课程，在我国只有本科的大学内，反而都可找到。学生对本门已感应接不暇，当然难以再求旁通。一般学生，因根基太狭，太薄，真正的精通，既谈不到，广泛的博通，又无从求得。结果，各大学只送出一批一批半生不熟的知识青年。既不能做深刻的专门研究，又不能应付复杂的人生。抗战期间，各部门都感到人才的缺乏。我们所缺乏的人才，主要的不在量而在质。雕虫小技的人才，并不算少，但无论做学问或做事业，所需要的，都是眼光远大的人才。

　　凡人年到三十，人格就已固定，难望再有彻底的变化。要做学问，二十岁前后，是最重要的关键。此时若对学问兴趣，立下广泛的基础，将来工作无论如何专精，也不至于害精神偏枯病。若在大学期间，就造成一个眼光短浅的学究，将来要做由专而博的功夫，其难真如登天。今日各种学术，都过于复杂深奥，无人能再希望做一个活百科全书的亚里士多德。但对一门精通一切，对各门略知梗概，仍是学者的最高理想。

这一篇话可谓句句皆如我之所欲言。以我所见，今日的青年，专埋头于极狭窄的范围中，而此外茫无所知的，正不在少。此其原因：（一）由于其生性的谨愿，此等人规模本来太狭，不可不亟以人力补其偏。（二）则由于为现时尊重专家之论所误，读雷君此文，不可不瞿然惊醒。（三）亦由迫于生计，亟思学得一技之长，以谋衣食。然（A）一技之长，亦往往与他科有或深或浅的关系。（B）而人也不该只想谋衣食，而不计及做一个完全的人。（C）而且苟能善于支配，求广博的知识和求专门的知识技能，也并不相碍，而且还有裨益。所以现在在校的学生，固应于所专的科目以外，更求广博的知识。即无机会受学校教育的青年，亦当勉力务求博览。学问有人指导，固然省力，实无甚不能无师自通的。现在的学生，所以离不开教师，（甲）正由其所涉的范围太狭，以致关涉他方面的情形，茫然不解。遂非有人为之讲解不可。（乙）亦由其看惯了教科书讲义，要句句看得懂的书，方才能看，肯看，不然就搁起了。如此，天下岂复有可读之书？若其所涉博，则看此书不能懂的，看到别一部书，自然会懂，届时不妨回过来再读这部书，何至于一有不通，全部停顿？须知一章一节，都有先生讲解，在当时自以为懂了，其实还不是真懂的。所以求学的初步，总以博涉为贵，而无师正不必引为大戚，况且现在孤岛上的学校，能支持到几时，根本还不可知呢。难道没有学校，我们就不读书了吗？

其（二）是治学问要有相当的深入。历史上有一件故事：汉宣帝是好法家之学的，其儿子元帝，却好儒家之学。据《汉书·元帝纪》说：元帝为太子时，"尝侍燕，从容言：陛下恃刑太深，宜用儒生。宣帝作色曰：汉家自有制度，本以霸王道杂之，奈何纯任德教，用周政乎！且俗儒不达时宜，好是古非今，使人眩于名实，不知所守，安足委任？乃叹曰：乱我家者太子也"。后来元帝即位，汉朝的政治，果自此而废弛。这"使人眩于名实，不知所守"十个字，可谓深中儒家之病。儒家崇尚德化，自系指小国寡民，社会无甚矛盾的时代言之。

此时所谓政治，即系社会的公务。为人君者所发的命令，诚能行于其下；而其日常生活，亦为人民所共见共闻，如其持躬整饬，自能使在下的人，相当的感动兴起。有许多越轨的事情，在上者果然一本正经，在下者自然不敢做。因为一本正经的在上者，对于在下者的不正经，必经要加以惩治的，而其惩治亦必有效力。举一个实例：吾乡有某乡董，不好赌。当这乡董受任以前，有一群无赖，年年总是要在该乡中开赌的，差不多已成为惯例了。某乡董受任以后，他们依旧前来请求。拒绝他，是要发生很大的纠纷的。某乡董也就答应了。到开赌之期，某乡董却终日坐在赌场上。一班想赌的人，看见他，都望望然去之，这赌场竟无人来，不及期，只得收歇。古之所谓德化者，大约含有此等成分，而俗儒不察事实，以为所谓德化者，乃系一件神秘的事，不论环境如何，也不必有所作为，只须在深宫之中，暗然自修，就不论远迩，都可受其影响了。还记得中日甲午之战，中国屡战屡败，有两个私塾学生，乘着先生出去，相与研究其原因。甲学生说不上来，乙学生想了俄顷，说道："总还要怪皇帝不好，他为什么不修德呢？"甲学生听了，甚为佩服。这固然是极端的例，然而从前的迂儒，其见解大概是这样的，至多是程度之差，而不是性质之异。此其受病的根源，即在于不察名实，不管眼前的景象如何，书上的学说背景如何，似懂非懂地读了，就无条件地接受了，以为书上具体的

149

办法，就可施于今日了。主张复古的人，至于要恢复井田封建，其主要的原因，就在于此。即不泥于事实而务推求原理，也还是要陷于同样的谬误的。因为原理本是归纳事实而得的，不察事实，就不论怎样不合实际的原理，也会无条件加以接受了。譬如一治一乱，是中国士大夫很普遍的信条，为什么会相信一治一乱，是无可变更的现象；而一盛一衰，遂成为人间世无可弥补的缺陷呢？因为治必须震动恪恭，而他们认人之性是一动一静，紧张之后，必继之以懈弛，因而勤劳之后，必继之以享乐的，而人之所以如此，则实与天道相应，这是从《周易》以来相传下来的观念，可说是中国最高的哲学思想。其实易家此等见解，乃系归纳自然现象而得，根本不能施之于人事。因为人是活的，自然界是死的。即欲推之于人事，亦只能适用于有机体，而不能适用于超机体。个体是有盛衰生死诸现象的，群体何尝有此？目今论者，往往指某民族为少壮，某民族为衰老，其实所谓衰老，只是一种病象罢了。生命既不会断绝，病就总是要痊愈的。生命既无定限，亦没有所谓盛壮及衰老？然则《周易》的哲学，根本是不能用之于社会现象的。而从前的人，却以为其道无不该，正可以说明人事，正应该据之以应付人事，这就是不察名实之过。因为他们根本没有把《易经》的哲学和社会现象校勘一番，以定其合不合，而先就无条件接受了。读旧书到底是有益的，还是有害的？这个问题，很难得满意的解答。平心论之，自然是有利有害。但对于先后缓急，却不可不审其次序。对于现在的科学，先已知其大概，然后在常识完备的条件下，了解古书，自然是有益的。若其常识不完备，退化了好几世纪，而还自以为是，那就不免要生今反古，与以耳食无异了。所以我劝青年读书，以先读现在的科学书，而古书且置为缓图为顺序。

我所要告青年的话，暂止于此了。古语说：天道五年一小变，三十年为一大变，所以三十年为一世。这也不是什么天道，不过人事相推相荡，达到一定的期间，自然该有一个变化罢了。民国已经三十年了，希望有一种新气象出来，这新气象，我们不希望其表面化，立刻轰轰烈烈，给大家认识，而只望其植根于青年身上，为他日建功立业之基。

（本文写于 1940 年）

151

下　编

修习国文之简易法

近数年来，学校学生，国文之成绩，日益退步，此非诽毁学校者之私言，凡从事学校事业者，咸莫能为之讳也。夫国文成绩之不善，其弊有三：

一不能高尚其感情，无以为进德之助也。近人有言：宋儒之言道德，较之汉儒纯粹，奚翅倍蓰。然汉世，所在犹多至行，而学宋儒者，多不免为乡愿，是何也？曰：进德以情不以智，汉世所传经籍，多文章尔雅，便于讽诵，学者日寻省焉，则身入其中，与之俱化而不自知。宋儒理学之书，则无此效力也。此其言深有契于善美合一之旨，实为言进德者所不能外。然则欲高尚其感情，以纯洁其道德者，舍厌饫乎诗书之林，游心乎仁义之源，复何道之从哉？然国文程度不足者，则无从达此目的也。

155

二不能通知国粹，无以为中国之人。国必有其国性，则为国民者，亦必有其国民性焉。必如何而后可称为中国之士君子，此其道不一端，而通知国粹，其最要者矣。吾非谓通知国粹，遂可排斥世界之新学问也。不通知世界之新学问者，其于国粹，亦必不能了解，此何待言。然既为中国之人，则必不可不通知中国之国粹；苟不通知中国之国粹，则于世界之新学问，亦必不能深造。即能深造焉，而亦必不能成其为中国之士君子，此则有识者所同认矣。而欲通知国粹，则又非国文程度不足者，所能有事也。

三无以磨练智力，各种学问，皆不能深造也。闻之训练兵士者言，识字之兵，校之不识字之兵成绩之善必倍，管理工厂者之于工人亦云然。夫兵士及工人，其所读之书，亦至有限耳，岂真随时随地皆能得其用哉？非也。吾人之言语，本有普通及高等之殊，通常所使用之言语，普通言语也，文字则高等言语也。仅通口语之人，犹之仅通普通语，仅克与农夫野老相周旋；能通文字之人，则犹之能通高等语，日与学士大夫相晋接，其识解论议不期其进步而自然进步矣。学校学生，国文成绩优长者，他种科学之成绩亦必较优长，职此之由。

国文一科，关系之重大如此。然今之学生，其国文之成绩，顾日见退步，此岂良现象哉。然则其原因果何在乎？曰：亦未得其修习之法而已。

夫文字犹语言也。心有感想，发之于口，则为语言；笔之于书，则成文字。是文字之与语言，本一而二，二而一者也。若是，则能通语言者，宜即为能通文字之人。但多一识字之劳耳。然今顾不能然者，则以语言文字迁变殊途，乞今日已不能合一也。然二者其流虽异，其源则同。故修习文字之法，究与修习语言无异。今试问修习语言，舍多听多试谈外，尚有他策否？则修习文字，舍多读多看多作外，亦决无他策，审矣。而三者之中，多读多看，实为尤要，读与看，所以代听也。作，所以代试谈也。人于言语，苟能多听，自不患其不能谈话。而不然者，虽日事试谈，无益也。今之学生，或汲汲于研究文法，或孜孜焉择题试作，而于多读多看二者，卒莫肯措意。此其所以肄习虽勤，进步卒鲜也。

或曰：今兹学校，科目繁多，安能如昔日之私塾，舍弃科学，日夕呫哔，以从事于国文？是诚然也。虽然，欲求国文之进步，果须如昔日之私塾，舍弃各种科学，以日夕从事于呫哔乎？不能无疑。吾则谓今日学生，诚未能于多读多看二者加之意。苟其能之，亦进锐退速，未能持之以恒耳。不然，其国文未有不进步者也。今试就高等小学及中学，为之料简其程如下：

	高等小学			中学				
	第一年	第二年	第三年	第一年	第二年	第三年	第四年	
每星期熟读字数	150	200	300	300	300	400	500	合计 86000
全年合计（四十星期）	6000	8000	12000	12000	12000	16000	20000	
每日阅看字数	1000	2000	3000	4000	4000	5000	5000	合计 57600000
全年合计（同上）	240000	480000	720000	960000	960000	1200000	1200000	

如上所定，每星期熟诵及每日阅看之字数，无论功课若何繁冗，绝非不能办到。然日计不足，月计有余，合七年之光阴计之，所熟读者，固已八万余言，所寓目者，则五千余万言矣。能如是，而国文犹不进步，有是理乎？试问今之学生，能

158

如是者，有几人乎？不自咎其修习之不力，而顾归咎于吾国文字之难通，不亦傎乎？

往尝恨我国文字选本虽多，然适合于中小学生自修之用者绝鲜。尝欲发慎评选一编，其体例，取其（一）按年递进，适合于中小学生之程度，而其分量亦适合；（二）其文字，不病其艰深，然足以指示我国文学之源流及门径，而不嫌其陋；（三）评注精详，俾读者得了然于文字之义法，且无于实质方面不能索解之苦。以卒卒寡暇，未为也。若深通文字而又洞明教育原理之士，有能就此一编者，于学生文学之进步，所关必非浅鲜，可预决也。然天下事贵乎力行，赖人之指导尚在其次。今之学生，苟能如吾向者所述之法以修习国文，则任何选本取而读之，固均无不可耳。

（原署名：轻根。刊于《中华学生界》第二卷第二期，

1916 年 2 月 25 日出版）

沈阳高师中国历史讲义绪论

史也者，所以藏往以知来。盖凡现在之事，其原因皆在于从前；而将来之事，其原因又在于现在。必明于事之原因，然后能预测其结果，而谋改良补救之术。故史也者，所以求明乎事之原因，以预测其结果者也。

顾宇宙间之现象，亦樊然淆乱矣。此所谓史者，其所记载之事实，究以何为之界限乎？案近人政治讲义有言曰：

盖天生人与以灵性，本无与生俱来之知能。欲有所知，必由内籀，内籀言其浅近，虽三尺童子能之，今日持火而汤，明日持火又汤，不出三次，而火能汤之公例立矣。但内籀必资事实，而事实必由阅历，一人之阅历有限，故必聚古人与异地人之阅历为之。如此则必由记载，记载则历史也。

是故历史者，不独政治人事有之，但为内籀学术莫不有史。……西人于动植诸学，凡但疏其情状而不及会通公例与言其所以然之故者，亦称历史，如自然历史是已。

东西旧史于耳目所闻见，几于靡所不包，如李费《罗马史》所记牛言雨血诸事，与《春秋》之记灾异正同，而《史》《汉》书志，刘知几《史通》论之详矣。

而近代之史置此等事不详者，亦非尽由人类开化之故，乃因专门之学渐多，如日食、星陨则畴人职之；大水风雹，则有气候学家；甚至切于人事之刑政，亦以另有记载得以从略。如钱币，则计学；瘟疫，则医学；罪辟，则刑法之学；皆可不必如古之特详。大抵史亦有普通、专门二部，专门之史日以增多，而国史所及乃仅普通者。

……虽然科学日出史之所载日减，于古矣而减之又减，终有其不可减者。存则凡治乱兴衰之由，而为道国者所取鉴者是。故所谓国史，亦终成一专门科学之历史……

此说甚当。返观吾国之历史，则正坐记载之范围太广，如所谓"于耳目所闻见，几于靡所不包"者，故不能成一专门之科学也。

按清代《四库书目》史部之分类如下：

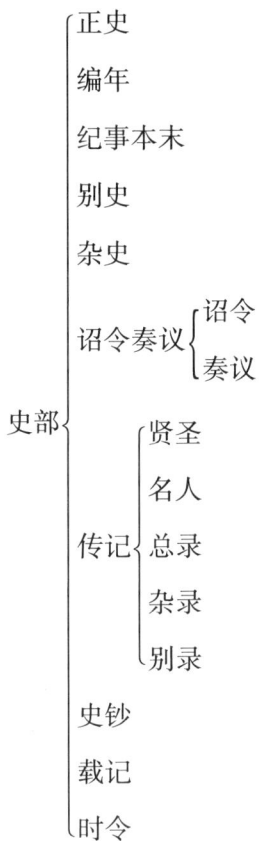

史部
- 正史
- 编年
- 纪事本末
- 别史
- 杂史
- 诏令奏议
  - 诏令
  - 奏议
- 传记
  - 贤圣
  - 名人
  - 总录
  - 杂录
  - 别录
- 史钞
- 载记
- 时令

```
                  ┌ 总志
                  │ 都会郡县
                  │ 河渠
                  │ 边防
            地理 ─┤ 山川
                  │ 古迹
                  │ 杂记
                  │ 游记
                  └ 外记
                         ┌ 官制
            职官 ────────┤
                         └ 官箴
                  ┌ 通制
                  │ 典礼
   史部 ─┤  政书 ─┤ 邦计
                  │ 军政
                  │ 法令
                  └ 考工
                         ┌ 经籍
            目录 ────────┤
                         └ 会计
            史评
```

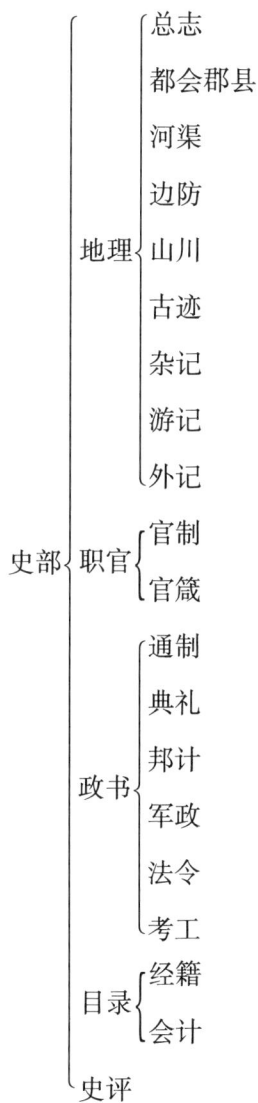

又近人撰《新史学》其分类如下：

第一　正史 ⎰（甲）官书　所谓二十四史是也
　　　　　⎱（乙）别史　如华峤《后汉书》、习鉴齿《蜀汉春秋》
　　　　　　　　　　　《十六国春秋》《华阳国志》《元秘史》
　　　　　　　　　　　等，其实皆正史体也

第二　编年　《资治通鉴》等是也

第三　纪事本末 ⎰（甲）通体　如《通鉴纪事本末》《绎史》等
　　　　　　　　　　　　　　　是也
　　　　　　　　⎱（乙）别体　如平定某某方略、《三案始末》等
　　　　　　　　　　　　　　　是也

第四　政书 ⎰（甲）通体　如《通典》《文献通考》等是也
　　　　　　｜（乙）别体　如《唐开元礼》《大清会典》《大清通
　　　　　　｜　　　　　　礼》等是也
　　　　　　⎱（丙）小记　如《汉官仪》等是也

第五　杂史 ⎰（甲）综记　如《国语》《战国策》等是也
　　　　　　｜（乙）琐记　如《世说新语》《唐代丛书》《明季稗
　　　　　　｜　　　　　　史》等是也
　　　　　　⎱（丙）诏令奏议　四库另列一门，其实杂史也

第六　传记 ⎰（甲）通体　如《满汉名臣传》《国朝先正事略》等
　　　　　　｜　　　　　　是也
　　　　　　⎱（乙）别体　如某帝实录、某人年谱是也

第七　地志 { （甲）通体　如某省通志、《天下郡国利病书》是也
（乙）别体　如纪行等书是也

第八　学史　如《明儒学案》《国朝汉学师承记》等是也

第九　史论 { （甲）理论　如《史通》《文史通义》等是也
（乙）事论　如历代史论、《读通鉴论》等是也
（丙）杂论　如《二十二史札记》《十七史商榷》是也

第十　附庸 { （甲）外史　如《西域图考》《职方外纪》等是也
（乙）考据　如《禹贡图考》等是也
（丙）注释　如裴松之《三国志》注等是也

史部分类之法，不止此两种，此两种之分法，亦未必得当，今姑举为例，欲知其详，可自参考各史中之《艺文》《经籍志》《文献通考》之《经籍考》等及各种目录之书。

以予观之，各种史籍其性质不外：（一）记载，（二）批评，（三）注释。而三者之中，又以记载为之主，批评、注释皆其后起者。必有记载，而后批评、注释乃有所附丽，故二者有主从之关系。考据亦当属于注释，不能独立为一类。记载之材料，因其性质可别为：（一）治乱兴亡，（二）典章制度二大类。前者可称为动的史实，后者可称为静的史实。二者皆应以人为之事为限，向来之历史记载，后一类之事实，有侵入天然界者，此因向者学术分科未密之故，今后宜析出。记载治乱兴亡一类之事，属于正史中之纪传，记载典章制度一类之事，属于正史中之

165

志，而二者又皆可以表纬之，故正史可称为表志纪传体。编年一类，乃专记治乱兴亡之事实，而以时为之系统者。记事本末一类，则专记治乱兴亡之事实，而以事为之系统者。其政书，则专记典章制度一类之事实者也。若将正史中之纪传析出，以时为经、以事为纬而编纂之，即成编年史；以事为经、以时为纬而编纂之，即成纪事本末体之史，若将其志析出，即成政书。故表志纪传之体，在各体中最为完全。向来作史者，欲网罗一代之事实无所阙遗，皆不能舍此体，而国家亦必以是立于学官，谓之正史盖有由也。但为观览计，则编年体最便于通观一时代之大势，记事本末体最便于句求一事之始末，典章制度尤宜通观历代，乃能知其损益之由得失之故，则政书尤不可废。《文献通考》总序所言即此意，可参看。此外杂记零碎之事实，或但保存其材料者，皆只可称为史材，不能谓为已经编纂之历史也。

居今日而言历史有尤要者三事：

一宜有科学的眼光。如前所述，中国之历史实尚未能分化精密而成为一科学，故今后研究此学，宜处处以科学之方法行之，其大要有二：（甲）将可以独立成一专门科学之事实析出，以待专门学者之研究。如向来历史中关于天文、律历诸事项可析出，以待治天文、律历学者之研究，关于食货诸事项可析出，以待经济学者之研究是也。（乙）而史学之研究，即以得他科学之辅助而益精。如推古代年月者，可借助于历学，考求古代人民之生活状况，可借助于经济学是也。

二宜考据精详。治史学所最贵者，为正确之事实。盖史学既为归纳之学，其根本在于观众事之会通以求其公例，若所根据之事实先不正确，则其所求得之公例，亦必谬误故也。吾国史籍浩如烟海，所存之材料实至多，其足供考据者何限？向来史家记载，其疏漏伪误，非加考据，断不能得正确之事实者亦甚多，试观后世史学家之所考据者可见。亦有材料虽存，非至今日世界大通，兼得新科学之辅助，则不能知其可贵者。如汉族本自西方高原迁入中国本部，此等材料多存于古书中，然未知世界历史以前，中国学者莫或措意。[①] 又如向者地理类中外纪之书，人视之率多以为荒渺（如《四库提要》疑《职方外纪》所

---

① 编者按：至迟到一九三六年，先生的此项见解已有改变，认为中国文化始于东南（参见《中国文化东南早于西北说》，原刊《光华大学半月刊》第五卷第六期，一九三六年出版，现收入《吕思勉论学丛稿》，上海古籍出版社二〇〇六年版）。

言为夸诞是），而至今日则群览其可贵是也。

三宜兼通经、子。经、史、子、集之分，本至后代始然，在古代则既无所谓集，亦无所谓史，史皆存于经、子之中（参看《汉书·艺文志》《隋书·经籍志》自明）。而经、子之学，极为难治，非详加疏证，则触处荆棘。经、子之学，以清儒为最精，故不通清代之所谓"汉学"者，其所谈之古史，必误谬百出（清代史家考据后世之史事亦多，以治经之法行之，故较前人精密）。即如今日东晋晚出之《古文尚书》，人孰不知其伪，而各书肆各学校之编讲历史者，尚多据之以为史实，岂不可笑。

四宜参考外国史。中国历史于四裔一门，记载最多疏略，此自闭关时代，势所不免，即如朝鲜、安南，沐浴我国之文化最深，与我往还亦最密，然史所记二国之事，犹多不可据，其他更无论矣。又有其部族业已入据中国，然其史实仍非求外国史书以资参证不能明了者，如读蒙古史，必须兼考拉施特、多桑之书；治清史，必须兼考朝鲜人之记载是也（参看《元史译文证补》、日本稻叶君山《清朝全史》、近人《心史史料》自明）。

168

此外应行注意之处尚多，而此四端，则其尤要者。又师范
生之习历史，宜时时为教授他人之预备，此又与寻常学者之治
史不同者也。

（本文写于1920年，原为《国立沈阳高等师范学校
文史地部中国历史讲义》的绪论）

中国历代之选举制度

中国选举之法，亦尝数变矣。三代以上，平民贵族，等级厘然。虽《王制》有升之于学之说，《周官》有兴贤兴能之法，然自大夫以上皆世官，不在选举也。俞正燮说，见《癸巳类稿·乡兴贤能论》。七雄并峙，竞争激烈，入治出长，皆不能不用贤才，于是世族渐替，游士以兴。秦有商鞅，楚有吴起，燕有乐毅，而仪、衍之徒，抑或出其纵横捭阖之谋，以济一时之急。"卑逾尊，疏逾戚"，固非无因而然，降逮汉初，遂开"命官以贤，诏爵以功；先王公卿之胄，才则用，不才则弃"之局。柳芳语，见《唐书·柳冲传》。此实战国以来相沿之例，积渐而致，初非以汉祖及其将相皆出身微贱也。然贵族擅权，由来旧矣。一时虽见抑压，其声望势力固仍在。凡物之具有实力，而为他力所抑者，抑之之力一衰，其力必乘机复起，故虽

170

以汉之世用人之不拘门第，犹有所谓七相五公者，拔自豪族焉。亦柳芳说。东京末叶，海宇分崩，士流播迁，详覆无所。陈群创九品官人之法，于郡置中正，州置大中正，品评当地人物；尚书选用，据以参详。于是"上品无寒门，下品无世族"，而六代门阀用人之弊起矣。论者皆谓门阀之兴，实九品官人之法阶之属，其实国家制度之力恒弱，社会风气之力恒强。制度与风气背驰者，非废罢，则有名无实。谓丧乱暂行之制，能逆风气而行之数百年，且以造成风气，无是理也。故知六朝士庶，等级之严，实由门第之见本未划除，阅时复盛，而九品官人之法转依附之以行耳。然则自上古至南北朝，用人实分等级；虽经中衰，旋即复盛。览其全局，实可谓分等级者其常，不分等级者其变也。至隋废中正，肇开进士之科，而其弊乃革。

抑九品中正之法，所以能行之数百年，就政治而论，亦有其由。盖取人之道有三：曰德，曰才，曰学。三者之中，又以德为最重，才次之，学又次之。何也？学有不足，犹可借助于人；才则临事措置，有非他人所能代谋者；而二者又皆以德为本，德不足，才与学或适以济其奸也。才德非临时试验可知，必征之于素行，于是乡评重焉。乡评必有司访查之人，与其寄诸客籍之官吏，孰若托之当地之士人？此九品中正之法所由立，原不能谓为无理。特才德皆难拘于形迹，而辨别真伪尤

171

艰。衡鉴之才，先自难得；即能得之，亦不能必其忘恩仇，远名利，专为国家举贤去奸。其法遂致有名无实，不徒不足一核才德，反并学之实有征验者，而亦豁免之，此则九品中正之法所以弊，然固非立是法时所能预烛也。弊积久而渐著，则法之因革随之，而九品中正之法废，而科举之制兴矣。故科举起于隋唐，非晚也，德与才无可征验，与欲考其德与才，转并学之实有征验者而亦豁免之，尚不如专考其学，而德与才则留俟考课时弥其阙之为得，此理固必积久而后明也。

科举之法，非始于隋唐也，其原实为汉世之郡国选举，而郡国选举之法，则又远原于古代之诸侯贡士者也。郡国选举之议，发自董仲舒，其言即如此。前代用人，在选举者，本偏重其经验，汉世之吏道及訾选是也。此皆寻常办事之才，不可以当大任。今日政务官之职，春秋以前，多用贵族；战国以后，则杂以游士。士之立谈而取卿相者皆是也，其取之初无常法，亦无常途，郡国选举之法立，各地方之贤才始有登进之阶，而中央取材之途亦广，实选法之一变也。法历久而弥详，向者选举之权专操之于官吏者，变而许士人投牒自列；向者举至即用，专凭举主之一言者，变而更加以考试，即成科举之制矣。吏道等从经验拔用者，法本视为常才。惟郡国选举，则本所以求非常之士，故历代视科举最重，其用意本亦不误，特所立科举之法，不尽善耳。

172

求非常之才之法，本亦有学校、贡举两途。学校自魏晋后多有名无实，徒为粉饰升平之具而已。拔取非常之才，遂唯科举是赖。自唐以降，行之逾千年，理宜得才甚多，而其实殊不克副。由此出身者，固未尝无才士，然此乃才士得科举，非科举得才士，昔人譬诸探筹取士，行之久，才士亦必有出于其中者也。不徒不足以得士也，抑且有败坏人才之消焉。观于唐代士习之浮华，近世学风之固陋，夫固不容为讳。是何也？则所以试之者非其道也。夫昔日科举之得士，欲以官之，则其事，实今日之文官考试也。所试必以其所用，然历代之所试，则有可异者焉。唐世科目甚多，常行者为明经进士。明经试帖经墨义，仅责记诵；而其所记诵，又为无用，进士试诗赋，所业自难于明经，其无用则更甚。宋王安石鉴于此弊，乃废诸科，独存进士；去诗赋，改试经义、论策；所谓经义，亦易墨义以大义。据理衡之，实远较旧制为善，其后所取亦多不学之士。即安石亦叹"本欲变学究为秀才，不图变秀才为学究"。则士习苟简，徒骛进取，非立法之不善也。惟人才选拔，宜多其途。尽废诸科，独存进士，未免失之于隘。此则立法之未尽善者。后来新旧之法屡变，士子所业不同，至南宋，遂分进士为经义、诗赋两科。元明又合为一。其合之也，乃并两科之所试者，责之于一人之身。既须通经，又须工辨章；而三场之策问，尤茫无畔岸。学力真堪应试者，举国盖无几人，则责人以

173

所不能矣。责人以所不能者，人将并其所能者而亦逃之，此明清之世，科举所以名有三场，实则徒重首场之制艺，而其所谓制艺，又不必通经而后能，而士子遂至一物不知也。此科举致弊之大原也。

科举尚有一弊不易免者，曰易于侥幸。盖所试虽多，终有限极，在十余篇文字中，学业优劣，究不易辨也。唐代无糊名易书之法，考官与士子交通，亦非所禁。可以采取誉望，参考平时著述，尚可稍资补救。宋以后，考试之法日严，去取专凭场屋中所作文字，而其弊大著矣。于是有学校科举相辅而行之议。其事始于范仲淹。仲淹始限应试者必在学三百日，旧尝充试者百日，其法旋废。王安石欲以学校代科举，事亦无成，然终开明代之法。明制：非学校生徒，不得应科举；而郡县学生，非入国学若得科举者，亦不能得官。论者称为"学校储才，以待科举"，盖曾肄业学校，则可知其研求有素，非徒善为应举文字，思冒进于一旦，学校虽亦有考试，然恐行之不能严密，如今所谓毕年限而不毕业者，故必又别决之以考试而后用之也。此制立法之意可谓甚密。惟昔时入学，虽无所费，究之坐监即不能自营生业，故宋明太学之法，贫者病之。科举所以能嘉惠寒畯，使其进取之途不让富有之士者，转以入学徒有其名，士子实仍各事其事也。此亦科举盛而学校衰之一因也。

今日文官考试之法，规条严密，所试亦皆有用，似已集科举之长而去其短。然前世之事，仍有可资借鉴者。文官考试，所得亦仅常才。拟之前世，则明法之科耳。非常之才，固不数数觏；有之亦非可以绳尺较量，然实为国家所想望，不可无以求之。是则前世制科之法，可采取也。子夏曰："学而优则仕，仕而优则学。"前世监生历事，进士观政，及庶常之馆，颇得此意。今之实习，即前世之历事试政也。然使仕者更从事于学，如庶常馆之意尚缺焉，似亦可斟酌定制，俾已仕者可以暇补习；或从政若干年，则给假几年，许更就学，以资深造。又凡登庸之途，限于学校毕业，固足以杜冒进。然学校为贫者所病，古今则同，今者不平之声，亦已嚣然起矣。如何斟酌定制，使寒畯不至向隅，亦宜计议及之也。

汉代用人，为后世所艳称者曰辟举，此近后世之幕僚；曰吏道，此即后世之吏员也。历代用人，大都重视学校贡举，而轻视吏员。盖以学校贡举所取者，皆有学识之士，吏员则仅有经验。有经验者，不过能奉行故事；唯有学识者，乃能明乎立法之原，行之而时得法外之意，且能知其末流之弊，而立法以拯之也。是说也，以理言之，自亦无以为难。然事实不必尽与理想相符。正途出身之士，往往迂疏无用，甚且一物不知，反不如有经验者之干练。此论政之家，所以又慨想夫古之吏道也。然虽有此议而卒不能立一法焉，使有经验之才，皆进而为国家之用，亦选举之一弊也。

175

唐刘晏尝言："士有爵禄，则名重于利；吏无荣进，则利重于名。"故检劾出纳，一委士人，吏但奉行文书而已。世皆以为美谈。其实此就行政言之，则可谓善于措置，若立法者亦奉为楷模，则误矣。何也？人之情不甚相远，予以荣进之途，则人思自奋；否则未有不自甘溺没者。绝其荣进之途，而顾以其人不可用，而其事又卒不可废，乃更立严法以监督之；监督者不胜其劳，而仍不能举监督之实。则立法之不善，固彰彰明矣。

吏与士之悬隔，至明清而大甚。明初选法，三途并用。所谓三途者：荐举，一也；进士监生，二也；吏员，三也。见《日知录》《明史》。分进士、监生为两途，而无荐举，乃后来之事，非其朔。荐举所以求非常之才，进士监生重其学，吏员则重其经验，立法之意，实最周至。然太祖设科举，民间俊秀，皆得与选，唯谓吏胥心术已坏，不许应试，以启轻吏之端。英宗时，言者谓吏员鲜或不急于利，不宜用为郡守，则歧视弥甚。后遂立法以限其所至，与科第出身者，判若天渊矣。此实士大夫之偏见，生以害政者也。清代因循，卒莫能革。而吏之弊，亦至清而大著，论者交相指摘。末叶变法，遂下诏裁撤，欲代以士人，然迄不能行，盖积重之势难返也。何以使之积重？则法之轻吏者为之。作始也简，将毕也巨，有创制之责者，可不引为深鉴乎？

抑晚近之诋吏胥者，虽中其弊，实亦不免于误会也。议者之言曰："天下之事，坏于例而实坏于吏。"以例多不切事情，而吏办事唯能按例也。夫不切事情，则诚不善矣，然此乃例之弊，非吏之过。何也？有例固不可不奉行也，抑例亦本不可无。夫国家之事，有政务焉，有常务焉。政务固当因时制宜，常务则宜按例举办。政务废弛，不过陵夷不振而已；常务废弛，则事非凌乱，即阻滞，将不可以一朝居。且政策既定，势必奉行历若干时，当其遵循未改之时，政务即成常务矣，常务可无例乎？常务而不视例，则今日如此者，明日可以如彼；甲地如此者，乙地可以如彼。民复何所措乎手足，而奸弊亦安所穷乎？向之诋吏者，多谓其倚例以行奸弊。其实为奸弊而必倚例，则例仍为有效；监督之者，苟能明习于例，弊即无自而生，较之肆意为之，绝无忌惮者，仍不可以同日而语也。监督之者，于例多不明习，则例之太繁为之。太繁与不切事情，皆立例之不善，而非例之过，更非奉行例者之过也。

吏之弊在其学习及任用之法之不善。国家于吏之所事，既未尝设学以教之，又未尝明定考试之法，使人自学而拔取其能者。从事于此者，皆由父子兄弟若亲戚徒党，互相传授；更无可以代之之人，遂至名为由官任用，而实则成为世袭。岁月愈深，专门愈甚，奸弊亦愈滋，抉剔无从，愤激者遂一怒而欲去之矣。然今日公务员之所为，其高者实即向之幕僚，低者实即向之胥吏所有事。政治学家所称道之官僚政治，亦即向者幕友吏胥各司其职，循例之事无不举，所举之事亦无不循例之谓。特在欧美，政事较修饬，立法较切事情，而行之亦较敏捷耳。犹物然，良楛异，其为物固无不同也。观于今日公务员之重，而向之幕友吏胥，本无可废之道明矣。昔之论者，多讥官无所能，徒倚幕友吏胥以集事，恶知事本非一人所能为；而条例之繁，长官或不如专司其事者之明习，亦初不足为怪乎。

向者吏胥之弊，在其所学私相传授，浸成世袭，故今后之公务员，取之必由于考试。向者吏胥之弊，由其更无荣进之途，故今后之公务员，考绩不可不严，升擢不可不优。向者吏胥之弊，由其禄之者太薄，非为奸弊，即无以自存，故今后之公务员，奉给不可不厚，此皆事理显然，人人能言之者也。犹有进者：夫谓公务员之责，止于奉行文书，乃不得已姑止于是，而非以是为已足也。为公务员者，固当奉行长官之命令，然同一奉行也，深知其事之意，与夫不知其意者，则固有间矣。况公务员虽不宜自作聪明，然苟能详悉利弊，陈述于上，俾司行政之权者，有所借以资改革，亦事之至便者也。故公务员不能皆有学识，乃限于事，无可如何，而非国家所冀望者，遂止于是也。夫公务员不能皆有学识者何也？盖由学理精神，苟欲研求，必须时日，而公务员事务繁冗，多无暇晷之故。又人之心思，不能不为其执业所蔽。公务员习于奉行故事，久之，遂至但求无过，而不思改革之方焉。吏员中鲜非常之才，抑或由此。此固不可不为改进之计也。改进之计奈何？首在拔取时程度之高。于其所办之事，必能通知其意，而不以照例奉行为已足。录用之后，又宜多与余暇，使克从事研究。任事若干年，则给假若干年，使专从事于修习，以转换其心思。此于财政虽若少费，然无形之间，有裨于政治者，必不少也。昔之论者，多病儒吏之隔，其欲以儒为吏，亦不过求通知法意者多，奉行成法更善，而法且可资以修改耳。今若能使举国之公务员，皆有相当学问，而其学问，又皆切于实用，而非昔时虚而芜薄者比，则吏治之美，又不止于西京所谓文学彬彬者矣。至于辟举之法，则本非尽善。隋世改革，一命以上，皆由吏部，亦良有其不得已者。食肉不食马肝，未为不知味，置诸不论不议之列可也。

（原刊《美商青年月刊》第三卷第六期，

1941 年 6 月 15 日出版）

179

论疑古考古释古

——为徐永清作

语曰：理事不违何也？曰：即事而求其所以然，是之谓理，事之外无理也。昧者不察，以为所谓理者，恒存于天壤之间，古人特未之知，遂以是讥古人，只见其昧于今古之辨而已。夫一人之身而百工之所为备，我之所为者，既无由奉诸人人，而人之所为者，亦莫或能致之于我，如是，其势安得无交易，有交易矣，安能无泉币，此固理之易明者也。然追溯夫大道之行，人不独亲其亲，不独子其子，货恶其弃于地也，不必藏于己，力恶其不出于身也，不必为己。当是时也，且无交易，皇论泉币，后世所谓商业币制之理，又安所依而存？即至大道既隐之世，有交易矣，有泉币矣，然其时之法俗，犹与今日大异，经商制币之法，自亦与今日大异。世界变，则所以为备者不同，顾讥古人崇本抑末之论废，贵五谷而贱金玉之说为大惑不解，可乎？世变日新，理之新者，即随事而日出无穷，今人与古人所见自不能同，听见异，于古说安能无疑。而古书之训诂名物，又与后世不同，今人之所欲知者，或非古人之所知；或则古人以为不必知；又或为其时人人之所知，而无待于言，而其所言者又多不传；幸而传矣，又或不免于讹误。如是求知古事者，安能废考释之功？然于今日之理，异于古人者茫无所知，则读古书，安能疑？即有所疑亦必不得其当，而其所考所释，亦必无以异于昔之人，又安用是喋喋为哉？故疑古考古释古三者必不容偏废。然人之情不能无所偏嗜，而其才亦各有所长。于三者之中，择其一而肆力焉可也。而要不可于余二者绝无所知，而尤不可以互相诋排，此理亦灼然，而世之人多蹈其失何也？曰：此由其靳用真功力而急于小成。《孟子》曰：博学而详说之，将以反说约也。欲守约必先求博闻，不然，则陋而已矣。今之人往往通识未之具也，必不可不读之书，读之未尝遍也，而挟急功近名之心，汲汲于立说，说既立矣，则沾沾尔自喜。有箴之者，虽明知其是，亦护前而不肯变，舍正路而弗由，安得不入于业棘乎？徐子永清英年好学，居家日以治史为务，搜求既广，研览尤勤，诚史学界中后起之秀也。以今人所谓疑古考古释古者为问，辄述所见，以广其意焉。民国三十三年十月二十三日武进吕思勉。

关于中国文字的问题

　　中国文字，当分为（一）未有书籍（包括字书）之前，（二）既有书籍之后。有书籍则有传读，有字书则有音释，大体都未失传。其无之者，只能将现在已识之字，作为基本，加以推求。后者最古之书为《说文解字》。此书为近数百年来研究文字学者之中心，诸说多附之以存，故极重要。前者以甲骨文为最古，次之者金石文（金远多于石）。鉴别真伪，章太炎所举之法，颇为扼要，即（一）其物巨大，好事者不能伪造，牟利者不肯伪造。（二）（甲）发现、（乙）流传有据。推求未识之文字之法，在就已识之文字，加以分析，求出其偏旁（非向来所谓偏旁）。此为中国文字之字母，合体之字，皆以此造成。此事鄙人曾就《说文》为之作《说文解字文考》。甲骨文、金石文亦可如此为之。此中饶有开拓之余地。

文字缘起，旧有六书之说。此乃两汉间人所为，其说甚粗。所谓"字例之条"者，实当重作。但昔人谦逊，纵有新得，不肯破弃旧说，只对旧说加以补苴。其中最突出者，为王菉友之《说文释例》。此书不易读，可先读拙撰《字例略说》，知其概略。鄙见亦有突出之一点，即发明六书中只象形为文（前人普通以指字亦为文），而推广其例，合于社会学上文字发生之通例。

中国字何故不拼音？文字由自己产生者，造字时不能为拼音。与外国接触后，何故不改为拼音？因文字不能骤变。文字变迁，当兼（一）增、（二）减、（三）无增减而改变三者言之。普通所谓文字变迁，则指篆、隶，行、草之异。此乃书法之异同，别为一途。此两种变迁，均可看拙撰《字例略说》及《中国文字变迁考》。

中国文字的发展，与欧洲异路。欧洲古文字不足供后世之用，各国乃各据其语言而造字。中国则在统一后，语文上出现向心力。即各地方之人，努力采取当时之"雅言"，于文字上尤然。此为两汉时之"尔雅运动"，其事极关重要（看《史记·儒林传序》）。语言因此渐臻统一，在文字上尤然（看《方言》中多种方言之废弃）。"尔雅运动"之中，以古书为标准，当时与口语并不甚远。但至后来，因（一）口语变迁之速，（二）（甲）据文字所造之新词汇、（乙）口语中已变之语法，为不读书者所不知（但读书者仍知之，且必须用之，故只是使用者少，而非其文字语言之已死），文、言乃渐觉分离。但随知识程度之提高，文言之一部分（词汇几于全部分）仍可成为通行之语言。

以文言与语体为截然异物，乃系误解。大多数之文言，实与口语相近。其例不胜枚举。其最突出者，为《旧五代史·赵延寿传》延寿与契丹主问答一段，此几与《三国演义》无异。古人所以略识字者，甚至不识字者，亦能口占书牍作诗等，即由于此。拙撰《秦汉史》《晋南北朝史》文学一章中，举出颇多。故大部分文言与语体之异，关键实在所用助字之不同。故语体文中助字之制定，为中国语文史上极重要之事实。其事乃随平话之发展而长成。故平话之发展，为中国语文史上一极重要之事实。

故病中国文字之难识，其说亦有偏差。拼音字则既识字母，又知拼法，即能知其读音，较现行文字读音必待口传者为容易。至于一望即知，则纯在于熟练，二者并无异同。而精通一种语文，最要而又最难者，为所知语汇之多。语汇亦有增有减。但在今日，方言未统一，（当删者未删）知识日提高（当增者不能不增）之情势下，增恒多于减，此总是难事，只有奋力以迎之，不能畏难苟安，以痛骂古人解决问题也。至于识单字，则是年龄问题。依时从学，任何文字均易。时过后学，

184

任何文字均难。此为最重要之因素。其他因素，皆远较轻微。

通古书者，于后世文字无不能知，其关键何在？此当引史达林之说以明之。盖词汇日增而无穷，然皆据基本之辞造成，故于基本之辞，能知其意者，于后起之词汇，即无不能通。如知观字，看字，察字，望字之义，则于观看、观察、观望等辞，自无不解。后起之词汇无穷，基本之词汇有限，故为以简驭繁。读书宜略知训诂，理亦由此。欲略知中国文字之学，可依次读下列诸书：（一）段玉裁《说文解字注》，王筠《说文句读》两书，同时对读；（二）拙撰《中国文字变迁考》；（三）拙撰《字例略说》；（四）王引之《经传释词》；（五）俞樾《古书疑义举例》；（六）拙撰《章句论》。读时宜仔细，但不解处可听之，不精熟亦听之（但不得跳过，读基本之书皆如此）。训诂之深通，乃随读书而发展，不能单独向字书中求之也。

（本文撰写于 1951 年任教于华东师范大学时，
是为指导学生学习文字学所拟）

致叶圣陶周建人建议便利汉字部书

　　圣陶、建人先生：阔别多年，每深驰企。遴听驱驰擘划，为国宣劳，甚盛甚盛。今有一语，言之多年，莫或见听，窃愿更为两公一陈之者：中国文字，分部以便检查甚难，数十年来，欲救此弊者亦不乏。初欲专论笔画多少，继以笔画多少难定，又思别寻蹊径，或则取其四角，或又创为点线面等法，卒之繁难无改于旧，或且加甚焉。杜君定友论此，一语破的，曰："中国字乃合偏旁制定，非积笔画而成。"夫字合偏旁制成，而欲就笔画以立检查之法，则为违背自然之条理，其无所成就固宜。今者为印刷之世，非誊写之世，手写文字，欲将偏旁之为部首者与不为部首者加以区别甚难，皆用铅字排印，则但将铅字改铸，偏旁之为部首者双钩，不为部首者，仍用实划，字体过小，双钩实划难辨者，则用套印之法，别为两色。

如天字为一部，上一字用双钩，下大字用实画，或各别其色。人字为部首，则纯用双钩或纯色。如此，则字字一望而知其所隶之部，便孰甚焉？昔尝以此意撰文，载诸某杂志，未为当世之人所留意。后又以语商务、开明及他印刷业中人，皆许为善法，然莫或肯为，盖以铸造字模，所费颇巨，而不能禁人之所为，则获利难必，是以不劝。亦尝为国民政府教育部中人言之，其人曰：子欲唱此，请以公文来。弟惮为公文，亦度该政府终不能行，遂止。然终怀不能已，今值人民政府励精图治，凡事深为民谋，又值两公主持出版之事，皆所素稔，不觉跃然又吐其说。亦知今者天造草昧，百务未遑，若铸造字模之事卒不能行，则先就小学教科用书试之，亦开物之一道也。专肃布臆，敬颂政安，不一。

此书作于前年十二月七日。旋奉两公复书，谓"于学术界之相互商讨，经济上之具体计划，尚须作进一步之努力"。今谨发布其说，以求大雅之指教。千九百五十一年九月初七日，吕思勉自识。

(原刊 1951 年 9 月 19 日上海《大公报》)

论国人读书力减退之原因

中国现今能读书之人，日见其少，此不必证诸远，观于各书局所出之书籍而可知也。当新籍初出时，各书局之规模，远较今日为小，然各种科学书，尚颇有译出者。今则所出之书，除教科书外，他种书籍殆鲜。此何故耶？

夫学问之事，原不限于读书。向者士夫埋头钻研，几谓天下之事，尽于书籍之中，其号称读书，而实不能读书者无论矣，即真能读书者，其学问亦多在纸上，而不在空间。能为古人作忠臣，而不能为当世效实用，若是者，其读书似极无用。今者举国之人，读书力虽日见衰退，似未足为大病也。然事有以无用为有用者，读书之风盛，则志节高尚之人自多，而奔竞无耻者自少，治事有条理之人自多，而冯陵叫嚣者自少。今日之当路者，但能以小利害动人，即无论何人，皆可使之枉道而从我。而其他大多数初无利害关系之人，亦辄为所惑，皆坐此也。

吾尝戏言：人之性质，尽于博弈二事。盖博，阳性也，代表人之冒险性者也。凡天下事成否不可知，不肯冒险以图功，即永无可成之望者，唯此种性质，为能开辟之。如探险于南北冰洋，其适例也。弈，阴性也，代表人之理性者也。凡天下事必谋定而后动，乃可有成。无谋则不成，即使处不能尽，而多一分计划，亦必多收一分效果者，唯此种性质，为能经营之。如施政之必本学理，军事之必有军谋是也。天下事，属于弈之性质者多，属于博之性质者少。无论何事，概以赌徒下注之性质行之，无有不败绩失据者，野蛮人之不敌文明人，正以此故。学术之盛衰，关于国家社会之隆替，亦以此也。

然则吾国今日，读书之人之日少，其故何欤？吾尝深思之，而知其原因有三焉。

一以读书为业者渐少。

吾国人之职业，向分为士农工商。所谓士者，皆以读书为业者也。夫向者士人，其唯一之希望，在于科第，然得科第者实为少数。而总计读书人中，亦唯此少数得科第者，可以入官。入官以后，而读书之事遂绝。所谓一行作吏，此事遂废也。其余或出而游幕，或教授乡里，终其身未尝一入于理繁治剧之途，且恒以笔墨为生涯，则读书之事，自亦不能尽废。其

189

人固未必皆学问之士，然以读书为业者日多，则学问之士，自亦出于其中矣。今者社会之组织渐变，有学问者未必能得适当之位置，而其能得较优之位置者，或未必尽由于学问，于是人之借学问以求自立者渐少，既能任事之上，亦辄以学问为土苴而鄙夷之，而能读书之人，遂日见其少矣。此其原因一也。

二以读书为乐者渐少。

孔子曰："知之者，不如好之者，好之者，不如乐之者"。人之于职业，固有劳心焦思，欲求其成，以致实用者，然其始，则皆由于以此为乐，渐渍焉而后深入之者也。向者社会生计之困难，不若今日之甚。能有暇日以寻乐者较多，而各种淫乐奢侈之事，不如今日之多。能借读书以求荣者亦较众，今则迥非昔比矣。此其原因二也。

三为书籍自身之关系。

凡物之能为人深嗜笃好者，必其物之自身，确有可嗜好者在也。吾国立国最古，又夙尚文教，故学问之事，自昔即极发达，即以书籍论，四部之书，皆浩如烟海，任举一门，皆终身钻研之而不能尽。用物宏，取精多，其能使聪明才力之士，穷老尽气于此，宜也。自欧化东渐，向时陈旧之书，未足餍人之欲望，新说之介绍于吾人者，则徒有其粗浅者，而精深者极为罕觏，此等书可供中等以下学生参考之用，以语成年之人，学问已有根底之士，未有不为其餍薄者也。然读书之风气，恒自学问已有根底之士创之。现今之新籍，既不为此辈所欢迎，欲其风行全国难矣。此其原因三也。

有是三因，而社会上读书之风尚，遂日以衰退，学术日陋，风欲日窳，道德智识，皆一落千丈矣。虽然，剥极则复，贞下起元，吾观吾国之历史，每当蜩螗沸羹，学绝道丧之际，而命世之真儒出焉。此亦不必证诸远，观于顾、王、黄、李诸大儒，笃生于明季而可知也。英雄造时势，时势亦造英雄，吾不禁于今日之学术界有厚望焉矣。

（原刊 1918 年 3 月 25 日《时事新报》）

吃饭的革命

这一种计划，是我于九月二十五日，在校务会议提出的。因其说颇长，当时曾为讲演式的说明。朱副校长公谨、廖中学主任茂如都很赞成，其余诸位议员，亦皆以为然。唯朱、廖二先生说，这种理由，须先行向大众说明，看赞成的人多不多，方好决定办不办。嘱我为文，在半月刊登载。廖先生并替这一篇文字，拟了一个标志题，是《吃饭哲学》，我现在改为《吃饭的革命》。因为我自愧哲学的知识，很为浅薄。而我们无论何时何事，都应当怀抱革命的志愿，拟具革命的方案，而且奋勇去实行。《宋史·张方平传》说："守东都日，富弼自亳移汝，遇见之。曰：人固难知也。方平曰：谓王安石乎？亦岂难知者。方平顷知皇祐贡举，或称其文学。辟以考校，既入院，凡院中之事，皆欲纷更。方平恶其人，檄使出，自是未尝与语也，弼有愧色。盖弼素亦善安石云。"《宋史》这一段话，是诋毁王安石的，而无意中正写出一个有革命精神的贤相。昔人说，狮子搏兔，亦用全力，是狮子之愚。我说，正唯到处肯用全力，所以成其为狮子，否则是懒眠的猪了。以下是我当时的话。

今年学生多了，学校的饭堂，既不足以容。合校门内外的饭店，亦仍患人满。上次九月十八日廖先生曾提议在校中添设一厨房。我的意思，添设厨房，不该再照老样子，而当带一点公厨的性质。

我的计划，大略如此。

（一）注意于卫生。我们的食堂，要有严密的防护，使蚊蝇绝迹，其余洗菜、做菜、洗涤碗箸等事，一切均要极合卫生，不必细说。

（二）注意于训练。中国人的吃饭，太讲究。第一，一定要吃热的，于是菜非现做不可。既油，又有汤，断无法像日本人的便当，带在身边吃了。这种习惯，于行军旅行等，殊不相宜。我们要设厨房，就可不必拘定从前的老样子。要想出种种吃法来，其中多少可以带点训练的意思。至于吃得舒服不舒服，那不过是一个习惯，吃饭并非照现在这种吃法不可，否则吃了就会不舒服。

（三）可以改变食物的材料。南方人惯吃稻，北方人惯吃

193

麦，下等人惯吃杂粮，这不过是个习惯。习惯是受经济状况决定的，其根源不过如此。经济固然是最重要的条件，我们不能不受它支配。但是我们现在的吃法，是否最适合于现在的经济状况呢？那恐亦未必然。古之种谷者，不得种一谷，以备灾害。我们现在上中流社会，非吃稻麦不可。于是稻麦歉收，民食就成为问题了。假使我们现在，能多用几种谷类做主食品，稻麦的歉收，就比较的不成问题。而种植主食品的面积，也就可以扩大了。稻麦在各种谷类中，营养价值，自然最高。但是否非如我们现在的专吃稻麦不可，这也很成为问题。这是举其一端，其他一切，都是如此。现在有一种人，总说中国的食品，远胜于外国，诚然，这话也含有一部分真理，并非全然拘于习惯之言。但是中国的食物的胜于外国，怕只在调味方面，至于营养方面，是否确较外国为胜，怕就很成问题了。继而言之，从前的事，是件件受习惯支配，习惯固然有合理的部分，总不能全然合理的，所以一切事情，都大有研究改良的余地。

以上所说，是我所认为最重要的三个原则。至于具体的办法，则我以为我们要：

（1）造一所清洁的食堂和厨房，其中最要之义，是要有严密的障蔽，使蚊蝇不得入内。

（2）我们洗涤碗箸，是要用煮沸的方法。凡用过的碗箸，先放在清水中略涤，次即投入特制的釜中，加以煮沸。再放入沸水中涤一过，取出任其自干，而不必用布揩拭。——因为布反或不洁，揩拭的人的手，也容或不洁。

（3）我们的吃饭，是每天只有几种菜。譬如今天所吃的是（A）牛肉。（B）猪肉。（C）鸡卵。（D）青菜。（E）豆腐。那就只有这五种。或者这五种原料所配合而成的菜，不但原料限定，就做法也是一定的。今天只有猪肉青菜的合制品，就没有猪肉豆腐的合制品了。如此，菜可以预先做成，免得临时做起来。

（4）如前文所述，碗箸要用煮沸取洁，而不用现在洗涤的方法，那是要用特制的煮沸器的。我当见现在吃稻米饭的人，而为之感叹。现在吃稻米饭的人，是先将米放在釜中煮熟了，然后取出来，放在饭筒里。要吃时，再一碗一碗盛出来，在五口八口之家，这自然是个好法子。但是到数十百人，甚而至于数百千人合食，这是否还是好法子呢？我们可否照广东人，将来放在碗里，加之以水，放在特制的釜中蒸熟，取出来就吃，省得一次次地搬弄呢！凡此等器具，都可设法特制，随经验而改良。总而言之，应用的器具，和一切事务的布置，都要注意打破从前人人分食、家家自炊的方法，而创造出一个大众合食的规模来。

如此说来，我们这一个厨房，在建造房屋、创置器具方面，所费颇大。即投下的资本甚多，学校虽不以赚钱为目的，亦不能为吃饭问题，经常补助，或时时支出特别经费。所以厨房的本身，还要计划收支适合。而我们的饭价，势不能卖得很贵，最好还得较现在普通吃饭为廉。对于这一个问题，我们如何解决呢？我以为计划和节省两件事，是互相连带的，天下断无无计划的节省，亦断无有计划而不能节省的。现在饭店中最大的支出，为做菜的司务。此等人非较厚的工资，不能雇用，而其人多有习气。——所谓习气，乃系（一）由专业养成了固定的心思，（二）又由社会压迫，减少了对于工作的兴趣，于是凡事都只肯敷衍塞责。要敷衍塞责，那最好是照老样子做。你要劝他改一个样儿试试，他无论如何也不肯了。现在社会上一切事情，都只会蹈常习故，隔了数十数百年，还是毫无改变，其大原因实在于此。——所以现社会的组织，实在是阻滞进步的。——这正不独做菜司务为然。然而，我们设立理想厨房，而把做菜司务请得来，那就中坚分子，业已腐化，更无改良之望了。所以我们做菜，最好不要请做菜司务，如前文第（3）条所说，因所做饭菜，种类很少，而我们做菜的人可少，再因不请做菜司务，而做菜的人工资可廉。照下文所说，我们理想食堂的设置，意在乎提倡公厨，实在是替社会服务的性质，并不是什么庖丁。如有志愿服务社会的人，肯牺牲劳力报酬，以办此事，那就更好了。规模既立，成法可守，自可褰裳去之。牺牲也不过一年半载，并不是终身从之的。总之，现在办事情而希望改良，希望以理智征服习

196

惯，总得中流社会中人，肯挺身而出才好。单靠劳力者，进步一定缓慢的。因为他们是用惯力，而心思不大用的，自然比较呆滞，想不出方法来，就有人想好方法，也要难于了解些。碗箸以煮沸取洁，特制煮沸的器具，固然要钱，洗涤碗箸的人工，却可以省。假如我们吃稻米饭，是一碗一碗蒸熟，而不是一总在釜蒸煮，煮熟了，再一筒一筒，一碗一碗地盛出来。蒸饭的器具，固然要特制，打饭的人工，又可以省了。这数端，原是偶然想着，或者未必能行，然而此类改良的计划，可以有许多。每一个计划，都和节省连带，那我们的饭价，不但不会较普通饭价为贵，还可较普通饭价为廉，推行愈广，——依我的计划，这种食堂，也可听校外人来吃饭，厨房可任他们来参观，以收改良社会之效。——计划愈精，则其廉愈甚。

依我的意思，学校大可拨出一笔经费来，试办这样一个厨房，如其欣欣向荣，学校固有的厨房，就可消灭，将其固定资本，设法转变，并入新厨房中。如此，我们的资本就更充足。学校附近的饭店，虽不能强迫他们关门，势将陆续关闭，加入我们这食堂的人更多，我们的实力，亦愈雄厚。现在的饭店，究有多少顾客，是并无一定的，所以他们不得不负担一种危险。我们若能采取合作之意，凡来吃饭者，均预付饭钱，在一定时间内，不得退出。如此，则柴米油盐，——都可趸买，都可择较有利的时候买。甚而至于可以自己种菜，自己养鸡，自己制酱，——规模愈大，经济的程度，也愈增加了。

我所以竭力提倡，设立新式厨房，并不是单替一个学校计算，而是想借此提倡公厨，使其渐次普及于社会。我总觉得现在社会进化最大的障碍，是家族制度。现在有一种沉溺于封建制度的人，总说家族制度是好的，中国家族制度，较欧美为完固，就是中国社会组织，胜于欧美之处。还有一种资本主义的走狗，专替资本主义作辩护，凡资本主义现行的制度，他们都说是好的，他们偏有自然科学做根据，譬如说一夫一妻的制度，是人性之本然。许多较高等的动物，已有雌雄为一定期间或较长期间的同居，以养育幼儿的现象了。这是于教和养都很有利益的。所以家庭制度，是业已替人类社会，效过很大的劳。而今后，还将永远替人类社会效劳。而且因为这种组织，是根于人类的人性的，所以其形式虽有异同，其本质依然不变。他们偏有证据，说家庭制度，是在不论什么时代都存在的，而且都是社会组织有力的支柱。他们不肯承认所谓人性，总是在社会组织中养成的。偏要说有玄虚不可捉摸的人性，以规定社会组织。孟子说：人之所以异于禽兽者几希，庶民去之，君子存之。我认为人类的行为，有许多所以和动物相像，那是人类的力量，还未能战胜环境，所以未能实现其异于禽兽之性。人类的力量，扩而愈大，则其战胜环境的成绩愈优，而其所实现的异于禽兽之性即愈多。且如教，在高等动物，大概都是限于家庭之中的，到人类，就可以易子而教，而且有学校和师父徒弟等制度。养，在动物中，责任更是专于母的，到高等动物，父才略负些责任。人类则有托儿所、幼稚园等组织了。——牺牲学上的父母不必一定是社会学上的父母。所谓不独亲其亲，不独子其子。——这正是人之所以异于禽兽者。大概人在生物学方面，是和动物同受制于天然的。譬如婴儿要吃母乳，无法代以他物，母即无法转移其责任于他人。至于在社会学方面，则人和动物大异，而且因其进化而其异愈甚。所以人和动物，是有同有异的，说人之所以异于禽兽者几希，这话最为真确。我们蔽于人类的自尊心，说人和动物绝对相异，那自然是歪曲着的说法。却是抹杀了人类和动物的异点，有许多关于社会组织的事，硬说人亦只能和动物一样，其为歪曲，正复相同。指导人类，向着这一条路上走，那真是将所谓几希者去之了。人类组织，从氏族进而为部落，从部落进而为国家，至今日，有许多方面，实已超越国界，这是进化的。同时，因氏族组织崩溃，而家族组织，渐次抬头，这实在是退化的。宗族百口，九世同居，人无不知为氏族的遗迹。昔人以为美谈，今人则以为诟病了。其实从此等组织，分化而为五口八口之家，也是有利有弊的。此等组织，往往带有自给自足的意味，所以和社会相倚赖之程度不深。而且因其实力较强，社会也不容易干涉他。所以此等组织，能使个个基于血族关系而结合的集团，分争角立，而不易融化为一，这是其弊。——两大姓的械斗，便是其证据。——然而人类的分裂，在氏族时代，实不如家族时代之甚。且如宗族百口，便可包含八口之家十二个半，五口之家二十个。如此，从宗族百口，变为八口五口之家，就分裂更甚十二倍或二十倍了，其彼此相互之间，分争角立的程度，自亦随之而增加其倍数。所以从氏族进化到家族，可以说于打倒封建势力是有利的，同时私产制度的病态，亦更形深刻。

卑之无甚高论。且以八口之家而论，每家必有一个人做饭。如此，每百人，便有十二半人做饭。如其行合食之制，岂有每百人要十二个半人做饭的？只这一端，劳力的浪费，已是可惊了。

以具体问题而论。妇女解放，儿童教养，都是大家认为切不可缓的，然而不能提供公厨，再休谈妇女解放，儿童教养也休想改良。我从前每在苏州骑驴，有时也骑马，现在回到内地去，也时时要坐人力车。往往驴马和车，和三四岁的小孩，相去不能以寸，倘若撞着了，轻则有伤夷之虑，重或有性命之忧。这班小孩，都是流浪在街上，没有人照顾的，却也难怪他的家族，男子各有职业，妇女一天要做三次饭，再加之以别种杂事，也忙得精疲力尽了。凡人，终日忙于杂事，更无余暇以从事于思考，其精神往往沦于迟钝。对于各种刺激，感应都不锐敏。流浪在街上的儿童，固多无人照管的，有母姐监视于旁者，实亦不少。然而碰撞之将及，亦不能使其子弟迅速趋势避。有时竟呆若木鸡，一若未睹，可怜他们的精力，业已罄尽，脑筋业已麻木了。倘使行公厨之制，难道里社之间，腾挪不出一两个老成练达的妇女来，使之尽保姆的责任吗？各亲其亲，而终至于不能亲其亲，各子其子，而终至于不能子其子。人，何苦画着这鸿沟以自限，以自害呢？

尧舜帅天下以仁，而民从之；桀纣帅天下以暴，而民从之。其所令，反其所好，而民不从。是故以身教者从，以言教者讼。教育岂是什么口中说说的？贵能改良生活，在什么环境之下，养成怎么样的人，所以生活就是最大的教育。现在的国家社会，岂不要求其分子以公共之心，然而件件事都以家族为限，在一家之外，便患难不相同，灾害不相恤了。然则社会的组织，使之同利害的，不过五口八口，分争角立的尖锐，至于如此。公共之心，能存于此环境之下者几何？我们的改革，是有软性的，有硬性的。我们希望从软性而至于硬性，——进化到相当的程度，一举而完成革命。——我们现在，只能从事于提倡公厨，希望将来，有能够禁绝私厨的一日。饮食是人类最原始的活动，是最普遍存在的。《礼记》说，饮食男女，人之大欲存焉。天下有无性欲的人，无无食欲的人。因为性欲只关系将来的生命，食欲是关系现在的生命的。无将来生命的人，现在当然还可存在，缺乏维持现在生命的活动的人，就当然不能存在了。所以饮食是最原始的活动，也是最普遍的活动。饮食而分出等级，是最和人之所以群居和一之道相背的。朱门酒肉臭，路有冻死骨，荣枯咫尺异，惆怅难再述。只在咫尺之间，如何不短视的，只有一贯杜陵野老呢？我在少壮时候，原不过是个高阳酒徒，还记得辛亥这一年，同着一个爱喝酒的朋友，追凉痛饮，往往至于夜分。后来革命事起，又同一个朋友，跑到苏州，一顿早餐，两个人喝掉一斤高粱酒，吃掉一大碗红烧羊肉，一大碗红烧青鱼，十六个山东馒头，至日晡乃罢。我在上海，足有二十年了。从前酒楼饭馆中，也时常有我的足迹，杯盘狼藉，意兴甚豪。近来每过酒楼饭馆的门前，我就觉得心痛，量减杯中，雪添头上，甚矣吾衰矣，或者是老之将至，意兴颓唐，然而门以内说不尽酒池肉林，一看门以外，就见得鸠形鹄面、衣衫褴褛、营养不良的人了。彤廷所分帛，本自寒女出。骄奢的人，所浪费的物资，是从哪里来的，禁奢虽势不能行，难道是理有不可。公理终有战胜之日，一时势不能行之事，如何不预为之备呢？

虽然现在只是一个预备的时代，或者并我们之所预备而亦不能成。然而成不成，并不以占空间的物质为限，心理上的状态，也是一样的，或者其力量，还更强于空间的物质。假如我们学校里提倡公厨而失败了，不过是公厨的大门关闭，食堂中阒其无人，执事者星散，器具或委置无用，或者变卖了。然而受这一件事的影响的，直接间接，奚翅二三千人。此如种子散布在土中，一时看不见什么，达到相当的时期，终有勃然而兴之一日。孟子说：君子创业垂统，为可继也。若夫成功，则天也。君如彼何哉？强为善而已矣，夫以滕之褊小，截长补短，方五十里也，岂足以自存于齐楚之间。然而孟子以尧舜之道，责难其君者，岂真望其为东周。孟子曰：有王者起，必来取法，是为王者师也。夫至于为王者师，而其法大行于上下，则孟子之志已达。而滕文公亦可以无憾矣。事业本身之成败，何足计乎？

（原刊《光华大学半月刊》第五卷第二期，

1936 年 11 月 7 日出版）

学校与考试

我在前清末年学校初兴时，就主张考试不可偏废，我的理由是：（一）凡政治之道，必不能废督责。现在的学校，虽有私立，究以官公立为多，不能不说是政治。政治既不能废督责，而督责之道，实以考试学生的成绩为最简单而确实。如视学即手续繁而无实效，虽甚腐败者，岂不能矫饰于一日之间耶？（二）又凡政治之道，莫要于执简以驭繁。以中国之大，待教育之人之众，行政之软弱无力，而要一一由国家代谋，其势必不可得。唯有用一种奖励的方法，使人民自动，而奖励的方法，实以考试为最有效。参看下文引梁任公、康南海、葛洪的话。（三）教育本系社会事业。官办的事情，总不免流于形式，即所谓官样文章，不能和社会的进化相应。中国政治上的习惯，虽说是很民主，然既云政治，总不免有几分不自由。如前清末

204

年，断不能在学校中提倡革命，而私立学校，则事实上是有的，如爱国学社即是。最新的学说，或不能在学校中提倡，私立学校则无此弊。（四）教育不徒贵有形式，而尤贵有精神。教育的精神，是存乎其人的。先秦诸子、佛学大师、宋元诸儒，皆其好例。此等教育巨子，在官立学校中，格于功令，或不能发挥其所长，在私立学校中则不然。此可以前人讲学为例。我持此等议论，每向人道及，赞成者甚少，度不能为时人所听，所以未曾公开发表。十几年前，曾在某大学年刊中发表过一篇文字，因系非卖品，见者甚少。近读《宇宙风乙刊》第三十六期，载有四川李宗吾先生著作序四种，其中的一种为《考试制之商榷自序》。虽仅序文，亦足略见李先生的主张，不禁触动了我的旧念，爰复略加申说。

李先生说："我所主张的考试，有两种意义：（一）因各校内容窳败，用一种考试以救其弊。（二）现在的学制，太把人拘束了，因主张彻底解放，而以考试汇其归。现行的会考制，只有前一种意义，后一种则无之。"李先生的第一种主张，和我第一条意见，可谓相同。现在的会考制度，总算已经实行了。其方法是否尽善？行之是否切实？自可足为另一问题。李先生的第二种主张，和我第二三四条意见可谓声气相通，则实行尚绝无端倪。李先生和我的意见，都是要提倡私塾和自修的。私塾和私立学校，在理论上，实不能说有何种区别。驳他的人，偏说万一私塾发达，学校中的学生，岂不减少？招生必感困难。即反驳者八种理由的第四种。李先生驳得他很痛快，说："私塾未受公家金钱，学校是受了公家的金钱的。如果一经考试，而私塾遂发达，学校之学生遂减少，则学校办理之不善可知。在此种情形之下，尚欲抑制私塾，学校岂不愈趋窳败。学校不是专商，为甚怕人与之竞争？站在国家立场上观之，私塾与学校，同是造就人才的地方，学校具何理由，取得专商资格？各县每有一种规定，学校附近，如有私塾，即予查封，我真百思不解。"老实说："盗憎主人，民怨其上。"凡做事情的人，总是怕人家督责的，而自私自利，亦总是一个阶级的特性。以学校与私塾言之，实不能不说是两个相等的阶级。民主政治的精义，就在于能持各阶级之平，使其无畸重畸轻，而各得遂其自然的发达。助学校以抑私塾，就是偏袒这一阶级，去压制那一阶级了。从理论言之，殊不合理，而亦是中国历史上向来不曾有过的事情。至于李先生说："把现行的学制打破了，使全国的教育家，把各人心中所谓良好办法，拿出来实行，分头并进，教育才能尽量发展，我们设一个考试制统辖之，考试标准，由众人公共拟定，如此，则散漫之中，仍寓划一之意。"那更非希望私塾和自修发达不可了。自修者亦必有指导之人，所以私塾和自修，根本上亦无严密的区别。

李先生所举反对者的理由，共有八端。其中（二）（四）

206

（五）（六）（七）五端，都无甚意义，可以勿论。第四种驳议已见上。较有意义的，是第（一）端说：考试偏重在知识方面，把德育抛弃了。第（三）端说：学校中学科繁多，又须种种设备，岂是私塾和自修所能办到？第（八）端说：施行考试以后，必发生如何如何的弊端。关于第（一）端，李先生的答复是：我尝听见许多教员说道：成都这地方真坏，许多外县学生，初来是很诚朴，眼见他一天一天的坏。我说道：你曾看见坏学生入校，变成好学生否？闻者无辞以答。我每遇教职员就问：据你的实地经验，坏学生入校变成好学生的，屈指能数几个？竟无人能答。由此知关于德育，另是一回事。这"关于德育另是一回事"九个字，真说得痛快。老实说，在现社会制度之下，通常教育所能造成的，总不过是商业道德，而商业道德，是正和真正的道德相反的。这是指多数人而言。至于少数超出水平线以上的人，即在感情上具有己饥己溺、先忧后乐的精神，而在行动上，亦能苦干实干的。这种人，固然多能自教自育，和环境搏斗，不随环境为转移，然亦多少要受点环境的影响。老实说：养成这种人物的环境，在穷乡僻壤的多，在通都大邑的少。我所以主张学校最好设在名山之中，次之亦宜在郊外清静之地，断不宜在舟车交会、湫隘嚣尘之处。小学、初中，自然不在此例，高中即当以此为原则。大学专门，更不论了。抗战军兴，学校内移，使向来偏僻之区，亦能接触现代的

207

文化，固然是好事，然而我也忧虑着：现代通都大邑，骄淫夸诈，柔靡的习气，随之而内移。这件事情的为祸为福，为功为罪，是要等将来的事实证明的，现在不能预言。然人才出于穷乡僻壤，而不出于通都大邑，这个原理，总是颠扑不破。因为穷乡僻壤中，风气诚朴，其人看得事情认真。通都大邑的人，就看得凡事都是虚假，只想在人事上敷衍过去了。这是一切事情切实与否最重要的原因，决不可以忽视。又穷乡僻壤之中，骄奢淫逸之事少，其人的头脑是清醒的，体格是坚实的，在通都大邑之中，则适得其反。这一层，和人的志气的消沉和振奋，实力的坚强和柔脆，也大有关系，同样不可忽视。现在的学校教育，我们固不敢说他不重德育，也不敢说许多教育家的知识能力，不足以提倡德育，更不敢说他们本身的德育，就不足信赖。然而所谓德育，决不是单靠耳提面命，感人以言的，必须要造出一个优良的环境。而这种优良的环境，是在穷乡僻壤造成易，在通都大邑造成难。所以今后的人才，我们亦对于沿江沿海的希望少，对于偏僻的内地希望多。这是说真正的人才。有一技一能的，不在其列。技能虽切于应用，然断不容以冒才具和学问同的。要使穷乡僻壤的人，都跃登舞台，推行考试制，也是一个最好的办法，再者，通都大邑的学校，进的都是比较富裕的人，而人才也是出在富裕阶级里的少，出在穷苦阶级里的多，其理由和地方的繁盛或贫瘠相通，不必更赘。关于第

（三）端，我从前曾把考试制的主张，和一位教育家商榷过，这位教育家是不赞成的，他的理由是："现代的读书，非少数人力量所及，其实从前亦然，只有穷应科举，没有穷读书。因为科举之士，本来空疏，所以用不到什么供给设备。至于真有学问者，虽或家境清寒，然只是享受不充足，书籍和师友往还等，并不是没有。无论购买书籍仪器，延请教授指导的人，莫不皆然。不立学校，有志乡学的人，还是要大家联合办理的，一联合办理，那就是学校了。私家的力量微薄，所联合办理的，规模必失之于小，进行亦必失之于缓，所以仍不如由国家设立之为得。"这一篇话，自然是有理由的，但我并没主张不设学校，不过主张学校之外，须兼存考试制而已，即李先生的主张，亦系如此。然更当注意的，则公家设立的学校，就是政治，政治不能废督责，前文已言。在督责之法未备之日，公家所立的学校，就不能谓其款不虚靡，私立学校则无此弊，"不愤不启，不悱不发，举一隅不以三隅反，则不复也"，"人恒立于其所欲立的地位"，"天助自助者"，人而不肯自己研究，是谁也没有法子想的，历代官私立的学校中，至少一大部分的学额，为此辈所占据。具有私立学校性质的书院则不然，而且易于有真正研究的精神，置名利于度外，所以居今日而言学术，书院制实在有恢复的价值的。从来的书院，多数设于名山之中，景物优美，风气诚朴之地，现在西北西南，正在开拓，适宜于书院之地，不知

209

凡几？若能使一县或数县，即有一个私家设立的书院，对于文化，岂不大有裨益？而要提倡书院，考试之制，亦是很适宜的。因为人的求学，到后来，虽然为学问而学问，其初入手时，往往是杂有名利的动机的。有考试制以资推动，穷乡僻壤的好学之士，乐善之家，自然会竞出钱谷，从事组织了。不过要借考试之制以提倡学术，则考试之法，亦不可不有一番研究。考试之意，是要测度被考试者之学识的。所谓学识，就是因学问而得到的知识，达于何种程度。更申言之，即是其对于现代的情形，了解到如何程度，并不是要他把所读的书都记牢了。把所读的书都记牢了，是并无用处，而事实上亦不可能的。我曾见参与考试的学生，临时抱佛脚，成绩很好，然不过两三天就忘掉了。即使多记得些时候，也总是要忘掉的，不过时间问题而已。只有明白了书中的道理，却能永不忘掉，而且随着将来的进修和阅历而加宏，所以读书是要求明理，不该责人以死记事实的。但历来的考试方法，总不免流于死记事实。这也有个原因，因为专看人的明理与否，未免太不着边际，无从措手，而且应试者也易流于空言阔论。你说他无实际，他似乎是有实际的，说他有实际，他又其实是滥调，撷拾模仿人家的话，而自己并没有懂得，这是考试的历史上所证明必不能免之弊。所以从来考试之法，总不免偏重记忆一些。中国从前，学问的重心是经学，经学考试之法，在后汉时，本是各以意说

210

的。见《后汉书·徐防传》。当时论者，就极言其弊，所以有后来的帖经墨义，专责记忆。帖经墨义之式，见《文献通考·选举考》。帖经就是责人背诵经文，墨义就是责人背诵经注而已。专责记忆之弊太显著了，于是有王安石的废帖经而改墨义为大义，这就是八股文的前身。八股文的初意，何尝要取虚浮无实的人？不过既不责记忆，而只要看人家的明理与否，其结果是势必至于如此的。所以向来的考试，是循环在偏重记忆和偏重明理两条路上，而迄无以善其后。我以为这两者都是极端的办法，折中其间，而向来没有施行过的法子，就是朱子的分年考试之法，现在似乎大可一试。依据朱子所提倡的方法，不妨将证明一个人达于何种程度所必须考试的科目，分为几组，每次考试一科或几科。能及格，即给予一种证书。到所该考试的科目，完全及格了，则另给予一种总证书，证明其达于某种程度。如此，应试者修毕若干科，即可先行应试，免得像现在的会考一般，将几年来所修的科目，责诸一旦，生吞活剥，无益实际，而有碍卫生。欲考核学校成绩，亦只宜就学校本有的考试，加以审核，现在会考的制度，实不相宜。考试起来，只要不出过于琐碎的题就行，也不必要过于落空，使出题阅卷的人，茫无把握。似足以祛向者偏重记忆，和偏重明理两极端之弊而折其中，不失为一种良好至少值得试行的法子。而在承学者则难于得师，或无设备的，可以先修习若干科。设教者亦可各就其所长，各就其所

211

有，而专从事于若干科。办理即易，教育事业，必然更为兴盛了。梁任公先生在清末曾说："科举制度的优点，在不待教而民自励于学。"康南海先生在民国初年亦曾说："在科举时代，任何偏僻小县，都有一两个懂得学问文章的人，才知道科举之有其无用之用。"其实这话并不要等到康梁在清末民初才说，在一千多年以前，葛洪就说"若试经法立，则天下可以不立学官，而人自勤学"了。见《抱朴子外篇·审举》。这一种功效，自唐朝实行科举之法以来，的确是收到了。苦于向来的科举，只是一种文官考试，所以其效只能及于社会的上层。今用考试之法以证明学识，则可以推广及于社会的各阶层，其收效必然更大了。不但如此，从前科举时代，西南的苗族等，也有读书应试的，所以考试之法，还可以收同化异民族的伟绩。至于第（八）端，则李先生说："考试的法子，应详加讨论，这是不待说的，施行考试，有种种流弊，也是当然的事。我的意思：先把考试制度确定了，才能讨论考试的法子和救弊的方法。"可谓言简而赅，意义已极周匝，无待我的再说了。

当此非常时代，一切事情，都不能拘守经常的法子，所以政府早就定有私人讲学的办法。这种办法，可以替教者和学者，造出一种自由的环境，诚然是很好的，惜乎未能推广及于各级教育，而实际也未能推行尽利。现在须要把此法推广和切实推行，已经更为迫切了。现在有些受不良的不自由的教育的

212

人，难道真愿意受这不良的不自由的教育？不过因（一）除此之外，更无处受教育。（二）而凡受教育的，亦总想得一个证明，以为将来自立之地。而在现制度之下，除学校毕业外，又无处可得证明而已。这实由于私塾和自修的学生没有出路之故。再者，教育者对于被教育者的感化，力量是非常伟大的。感化不单是好一方面，坏的方面，亦捷于影响，所谓"尧舜帅天下以仁而民从之，桀纣帅天下以暴而民从之"。而感化并不是靠腾其口说，全看教育者的行为如何，所谓以"以身教者从，以言教者讼"；所谓"下之于上也，不从其令而从其意"。现在到处风行着校长剥削教员的事情，这简直因教员无资本，不能自设学校，而不得不受雇于人，因而利用其弱点，加以剥削，和资本家的剥削劳动者一样，这就是最反教育的。在学校里，实际上有这榜样，其余一切效果，就都不必说了。如其私塾和自修的学生，一样可得出路，我想此弊亦必可大为减少。所以采用考试制以证明学业，现在孤岛上的教育环境，实在是相需孔殷的。不过照前文所说，则考试制本来是值得提倡的，也并不是专为一时之计。所以我读李先生之文，而抒其积感如此。

（原署名：野猫。刊于 1941 年上海《中美日报》堡垒第一四五、一四六期）

213

忠　　贞

　　《茶话》的编者，要我作一篇文章，说述古代的汉奸，及其和现代汉奸的比较。这篇文章是不容易做的。历来的汉奸，不止一人。又社会上的毁誉，未必和是非相一致。因为有许多事实被歪曲了，或者隐瞒文饰过了，所以非汉奸而被诬为汉奸，实系汉奸反而未遭指摘者，势必在所不免，这其间就需要一番考据。就是众所共知的汉奸，其所知者，亦往往非事实的真相，而非加一番揭发解释不可。那么，简直做任何一个汉奸的传，都不容易了，何况还要将其互相比较呢！这工作太专门了，固非仓促所能为，亦非现在一般综合性的杂志所需要。现代的事情呢，说起来，自觉亲切而有味。像我这样销声匿迹的人，自无从和有汉奸行为的人有何接触，但虽无事实可指，而其心和汉奸及摇动分子一样的人，总是看见过的，此等人若加以描写，亦颇足发人深省，但我觉得亦非必要。频年在沦陷区中，所接触的，无非是些魑魅魍魉；幸而胜利了，所见到的，还是些乌烟瘴气；几乎令人和前代身逢丧乱之士一般，要怀疑到人心之本善了。但如果人性是恶，如果世界上而没有好人，我们又安能成此光复之业？事，不论其为祸为福，总没有无因而至的。我们遭遇着黑暗，不要怨天，叹时运不济，这都是我们的业力所招致。遭遇着光明，亦不是什么天赐之福，而在暗中必有支柱和斡旋的人。不过这种人，往往成为无名的英雄罢了。以下所叙几位先生，我都知道其姓名里居，不过其中有生存的人，我为避免标榜，且尊重他们不愿人家在生前替他宣扬高节，我就把他们的姓名里居略掉了。生存者既然，死义者遂亦事同一律，好在这一篇文章，并不是我替他们做传记。

A 先生①，是一个读书人，他是一个早期的师范毕业生，曾在学校里教过书，亦曾在人家坐过馆，但他由于遗传上的弱点，在壮年即患有精神病。时发时愈，好的时候，亦同好人一样；发的时候，就有些不大清楚了。所以后来他就不做什么事情，在家以书画碑帖自娱。倭寇入犯，他举室西迁，走到江苏西南境的某镇，他的病发作了，就和家人失散。这

---

① 编者按：汪千顷，常州人。

时候走路是大家随波逐流，不由自主的。因此，他的家人，无从找他，他就不由自主地，在这镇上留了下来，意外地遇见了他家旧时的一个女佣。女佣很忠心服侍了他两个月，他的病好了。这时候游击队散布乡区，时时和敌军相攻击，他住的镇上，亦几乎是前线，倒是县城，给敌军占据了，我军一时无力反攻，可以偷旦夕之安。他在城中的房屋，虽遭破坏，尚未净尽，勉强可以住得。于是他的女佣和他约：自己先到城中看一趟。要是确实可住，再来迎接他。这时候，敌兵自行把守城门，出城入城的人，都得向他们鞠躬行礼，他们却岸然不动。有一个胆气大的商人，曾和敌国军官说道："你们这太无礼了，在我们中国人，人家对我行礼，而我们可以全然不动的，只有死人。"这个敌国的军官，倒也禁不住笑了。当时因不肯向敌军行礼，宁可流离在外，受尽苦楚，明知家中残余财物，被人取携以尽，甚至房屋材料，都被拆去，而始终不肯入城者极多。Ａ先生亦是其中之一。他的女佣虽苦劝他回去，他始终不肯。他成仁后，他的朋友，写信给他的家属，说述他当时的情况，是日日倚门而望，希望他的家属，再有人能到这镇上来。他亦明知道住在这镇上危险，入城要安稳得多。然又自语曰："吾岂能为异族折腰哉？"日数数为此言。有一次，敌人进犯他所居的镇。我游击队御诸镇外，以八十击其二百人，大败之。敌人退走二十余里，居无何，有两个汉奸，引导敌人从间道来夜袭。我军退出镇外。至十时，又整顿来反攻。敌人闻之，遁去。其占据此镇，不过五六小时而已，而 A 先生却竟于此时遭其残害。当敌人入镇时，镇上的人多逃去，A 先生亦随众出走，敌兵退了，又随众回来。不意他所住的屋子里，还残留敌兵三人，见 A 先生回来，肆其最后的贪婪，把 A 先生身畔的财物抢去。A 先生大声斥其残暴，这些敌兵，也有些懂得中国话了，大怒，把 A 先生拖曳而出。A 先生就在一座小桥上被害。镇人哀而葬之。至今其孤坟还寂寞地在镇外。

B 先生，前清两江师范毕业生。两江师范曾延聘许多日本人任教，学生多通日语，而 B 先生尤精；又通英文，长农学及生物学，所翻译的书颇多。B 先生性情温厚，且极有风趣；唯不能节俭，早就以贫为患。到战事起，他就更难支持了。流落在上海租界上，真是苦不堪言。然抗敌的意志极坚决。有人劝他去当日本人的翻译，尽可不做坏事，而且还可相机尽力，拯救些苦难中的中国人。他因要屈节于敌，始终不肯。这一点，可使现在身为汉奸，而借口于搭救地下工作人员以求苟免者愧死；更可使妄给人以地下工作的证明的可耻了。这时候，我军屡败，一班意志薄弱者，对于抗战的信念，不免有些动摇。B 先生闻之，必痛斥其谬。力言抗战必胜，建国必成。然B 先生竟以贫病交迫，不及待胜利的来临而死，殁后妻孥流落，惨不忍言。

C先生，前清举人。为广西某县知县。县中赌风颇盛，官初莅任，赌徒的首令必馈以数千金，后来按时还有馈赠，官就置诸不闻了。C先生到任，赌徒照例致馈。C先生不受，而严行禁赌。赌徒借他事控诸府。府中派人来查，幕友胥吏都说得好好招待他。C先生说："我只有清茶一碗而已。"委员呈复，不利于C先生，C先生就因此去职，千里还乡，袱被萧然！自此不复出仕。C先生妻早丧而无子，孑然一身。一仆义之，终身随侍不去。C先生罢官后贫甚，日食唯素菜一篸。他一个亲戚，有一天去看他，他说："吾不能为君别办餐，我的食，能食则食，不能，我亦不强。"其戚见食，诿称尚饱，C先生就独吃了。后来其亲戚举以告人，人责之曰："晋平公之于亥唐也，入云则入，坐云则坐，食云则食，虽疏食菜羹未尝不饱，盖不敢不饱也？你遇贤人而不食其食，可谓失之交臂了。"其戚有愧色。C先生住在城外，敌人陷其邑，城外还算是游击区。C先生足不入城。亲友出城访之，时亦扶杖相送，然望见城门辄返。同时有D先生，是某女学校教员，为人平平，并无所长，人亦以老学究遇之而已；然自敌军陷其邑后，亦始终不肯入城。

从前人说："雪大耻，复大仇，皆以心之力。"心力是看不见的，然其支柱残局，斡旋世运之力极大。四先生不过是我

218

所知道的，我所不知道的何限？这就是我国今日获致胜利的重
要因素了。

（原刊《茶话》第二期，1946 年 7 月 5 日出版）

如何培养广大的群众的读书兴趣

　　若说广大的群众，对于读书，是没有兴趣的，为什么黄色刊物、连环图画、一折书……会如此其风行？在民国初年，曾有人说："据书业中人说：中国书的销数，以《三国演义》为第一，这是年年如此的。"即此，便可见群众势力的伟大。

　　这一种群众，是向来读书的人，视为不足与于读书之列的。然而读书一事，一方面固然希望有高深的学者，一方面也要争取广大的群众。群众而皆能读书，即广大的群众，对于一切事情的态度，不至于不学无术；而且群众之间，互相濡染，爱读书的群众就愈多，这无疑对于社会的进步，是大有裨益的。

　　如何能以较为有益的读物，替代黄色刊物、连环图画、一折书……读物呢？此其责不在读书，而在读物的供给者。

读书必先有兴趣，才会去读；必能了解，然后能遂行其读。如何会有兴趣？必其胸中先有此问题；如何才能了解？必其所说述者，确系对程度极低的大众说法。以此标准，衡量现在的大众读物，可说合格者极少。间或有之，其推销又不得法。因为其推销，仍系以少数的较高读者为对象的，他们转觉其可厌。所以这种书的销路，也不会广大。

目前最需要的群众读物是什么？我以为是一种日报。时事，无疑是广大的群众所最关心的。苦于现在的报纸，并非广大的群众所能了解。我以为需要的这种报纸：消息不必多，只取其紧要的。亦不必甚详，尤忌一事而罗列多种说法。对于每一问题，皆须为简明的综合报道，而解释却要极详明，务须使全然不知其事之人，读之亦能知道明白其事情的大概。——此种报纸，不能随读随弃，在一定时期之内，必须注意保存，庶说述某一问题时，可以复查前此某日之报，此层须预行告知读者。

次之则一切常识，为群众所需要的，亦先探其胸中所有的疑问，就其所能了解的程度，作成小册子，而用异于现在而能争取群众的推销之法推销。

如其一个区域，此种报纸书籍，而能相当地销行，经过一两年之后，我想：在该地方，入学时的时事常识的测验，必能较其未销行时及他未销行的区域，提高一段。即此，便可知书报的功效。

至于较高的读者，即现在所谓读书人，该如何培养其兴趣呢？那我所希望的，也是今后的出版物，更能注意于现实。因为大众总只能对现实有兴趣；而且有些学问，亦确以切于现实为有用。我举一个例。现在的赋役制度，大体上，还在沿袭明初的立法的。明初的立法，有两种册籍：一名黄册，以户为主，记其丁数及所有的田亩之数。一名鱼鳞册，以田为主，记其地形、地位，及其属于何人。黄册为人民纳田税、应差徭的根据。鱼鳞册则据以清厘一地方的田亩及地权。自丁税并入地税后，黄册在收税上无甚用处了，然而现在的要清查人口及财产，这种制度是很可以供参考的。鱼鳞册则至今仍极有用。明初这种立法，在财政史、经济史上，都是很有关系的。然而这种法，自立了以后，并未能彻底推行；曾经推行的地方，也不久渐即破坏，这是什么理由呢？这在书本上，可考见的，很不完全。我们现在，说到这一个问题，单把从前的制度，叙述一番；对其不能实行，或行之而旋即破坏，谴责一番，惋惜一番；大多数人，对于他是不会发生深切的兴趣的。如能调查现在的情形，对于此等制度，现在尚有否需要？如其需要，应当如何改正？并从实际的调查，解释从前不能实行或行之而又废坠之故；大多数人自然读之而能引起兴趣了。

（原刊《读书通讯》第一二四期，1947 年 1 月 10 日出版）

学 制 刍 议

必须使孤寒志学的人，有一条路可走。

何谓孤寒？孤者，孤立无助之谓；寒则贫困之谓也。现在上海有许多人，嚷着学费贵，非得助学金等，则不能入学，可以谓之寒了。然尚能自诉其苦于社会，而社会亦即从而加以援助，则尚未可谓甚孤，非甚孤即非极寒。其真正欲学不得，呼吁无门的，全国还不知有多少呢？

孤寒阶级中人，实为国家元气所在，因为这一阶级中人，淫逸夸毗之习较少。不淫逸则身体强壮，精神振作，而可以任事，不夸毗，则看得事情认真。我们试留心观察，在一机关中，事情到手都看得不当真，只要敷衍了事，对付过去，自己不负责任就好，他们所留意的都是人事上的关系，而没有真心要把事情办好。这种人，大抵来自通都大邑，累代仕宦，或富

224

商大贾之家，其出自穷乡僻壤孤寒阶级中者绝少。不论国家政治社会事业，总是要人去办的，而人之能善其事与否，实以其有无诚意为第一条件，必有诚意，然后其才可用诸正路。其学乃真能淑己而利群，不至于恃才以作恶，曲学以阿世，反造出许多恶业来。道德为事功之本，诚意为道德之本，而诚意唯孤寒阶级中有之，所以说孤寒阶级中人，为国家元气所在。

在抗战前，常州中学校长朱君竹卿就对我说："亲见六七十岁的老妪，携其孤露的孙儿，以应某种学校的入学试验，不取，流涕而去。"朱君说："这是国家社会对不起这个人。"诚然在战前，读书的人，远较今日为少，许多私立学校，招生常患其不足，已有此等现象，何况今日，各种学校，都人满为患，被摈于门外者，几于不止半数呢？几年以来，饱受兵战之惨，人民之贫穷，较诸战前，已不知增加若干倍，读书者反多于战前，这就可见得社会的进步，我们真的已在苦难中磨炼出来了，如能迎其机而善导之，中国之教育普及，岂不易如反掌？教育程度的提高，亦岂不指日可待？

博施济众，尧舜犹病，以今日中国生计的困难，人才的缺乏，而欲遍设学校，使有志向学者，皆有学校可入，岂不难如登天？然社会上自有不能办理学校，而能传授学术的人，那就自然有不入学校，而可以研究学术之事，又何苦而不利用一下？大抵学术的范围，恒渐扩而大，当其未扩大时，一种学

225

术，全国之内，只有少数人懂得；而此少数人才，又恒聚集于其时文化中心之地，则欲研究学术者，不得不求入某种特设之学校；或则负笈远游，千里追师。到既扩大之后，就用不着了。因为到这时候，到处有师可求，有书可读了。在历史上，时代愈早，国家所设立的学校及私家教授之大师，愈成为学术之重心，愈后则愈不然，即由于此。现在有许多新输入的学问，在我国尚未扩大，如欲求之，非走向都会不可，甚至非走向外国不可，这诚然是事实，但有许多学问，并不如此，那何不于学校之外，别开一条使人研究的路呢？

真正爱好学问的人，自能无所待于外，而汲汲追求，孜孜研究。然这种人，在社会上，总是极少数，其最大多数，则当其从事之初，总非略用外力劝诱不可，劝诱与辅助不同，辅助是要实力的，劝诱则空言而已。汉朝的晁错，劝文帝用拜爵之法，诱民入粟，他说："爵者，上之所擅，出于口而无穷。"就是这个道理。有这种以虚运实之法，事情就更易推行了。教育，固然有一部分是非用实力推行不可的，却也有一部分是可用空言劝诱的，那么，我们何不兼用此法，节省实力，用之于他一部分，使其更见雄厚呢？

但以虚名劝诱，而克收推广教育之道如何？曰：唯考试。

考试之法，妙用无穷。我们向来，只用之于政治上，以为登庸官吏之一法，实为未尽其用。然无意之间，亦已经收获到扩充教育的副作用了，而且副作用之所收获，实远较本意之所期求为大。《抱朴子》外篇的《审举》，作于距今千六百年之前，其所言，对于后来唐宋明清科举之法，真若烛照而数计，可以谓之奇文了。这篇所言，虽亦以革除当时夤缘奔竞之弊为主，所注意的在于政治问题，然亦未尝不计及扩充教育的利益。他说：别的且不必说，但"令天下诸当在贡举之流者，莫敢不勤学，其为长益风教，亦不细矣"。又说：考试之法一立，则"转其礼赂之费以买记籍者，必不俟终日"。考试之法的优点，在于所操者约，而所及者广，贡举是有定额的，然能使可望贡举者流，都自力于学，则所取者一，而受此劝诱而向学者，不止千百了。从前的贡举，为一种官吏登庸之法，官缺有定，贡举所取的人，自亦不能无限制，而其能劝诱人以向学尚如此，何况今日的考试，只要证明其人的学业程度，其人的学业程度，既被证明之后，其因此而得的实利，自有广大的社会给予之，其取之更可以无限呢。考试之法，还有胜于学校之处，即是其证明人之学业程度，可以更较学校为确实。人孰不自护其短？学生成绩的好坏，就是办理学校的人功过的考成。今将学生毕业时成绩能及格与否，即令办理该校者，自行评定，此如令厨人做食，不自尝而即使厨人尝之，其味焉有不美者？若由国家另行派员考试，如向者中学毕业皆须会考，则所凭者乃其考试之成绩，而不更问其他，则凭何理由，不使未入学校而亦有同等学力者，得以与考？吾非谓学校可以不设，但于立学之外，更须兼立考试之法，则期期以为无疑义而必可行，必当行。本来世俗所谓文庙，即是国家设立的学校，其中的教授，教谕，训导等，即为学校中的教员，俗称为秀才的，则此学校中的学生。明清定制，是（一）考取入学，以及（二）在学时成绩及格不及格，能否保持学籍？（三）及其能否升级？（四）出贡等，都不由教官做主，而另行派员如督学使者等去考试的。如此，则教学的成绩不良，教员不能以学生的程度本低为委卸。因为入学之计，有其相当的程度，已经公开严密的考试证明了。然则学生的程度，可得较为真确的证明，而教学的良否，亦得以证明其功罪，实为法良意美，惜乎后来不能实行罢了。今可师其意而变通之。国家定期举行考试，凡公私立之学校，以及未曾入学，而自揣有同等学力者，均可应考。其取之则但凭学力，一视同仁，如此，吾信入学者与未入学者，其被录取之数，必可相等，而且未入学者，或将超过入学者。何者？未入学者，必较曾入学者孤寒，其学习之力必较强，其成绩自必较优也。此等考试，宜采用朱子分年之意，隔若干时间则考一科或两科。逮某种学校所定某种程度的学科，通统考试及格，即给以某种学校的毕业文凭或另立名目，给予证书亦可。如此，则可免向者毕业会考，将数年中所习各种科目，兼而试之于一旦，以致昕夕温理，有伤身体；即

228

能通过亦不过强记于一时之弊矣。此法，现在的检定考试已行之，其所试之若干科，有不及格者，下次许其再考，已及格者，即不复考是也。或谓如此，试乙科时，岂不甲科所得，业已遗忘？须知学问之道，只在曾经学过，知其条理，可以应用，并非死记事实。如欲死记事实，即使诸科一时并试，亦岂能保其既试之后，永不遗忘？何况一时的强记，较诸长时期优游渐渍之所得，更易遗忘呢？学问日新月异，假使不注重培养其随时学习的能力，而但将一时期之所习，终身诵之，则其所知者，不转瞬而已成为陈旧，执陈旧之见以应付新事物，其为害岂不更大？如用吾之说，则学校可以无毕业考试；学生在校的期限，亦可不一定，聪敏者可以速成，迟钝者得以多学，不致有浪费时间及毕业即毕业年限，有名无实之弊了。

以考试之法补设学之不足，则可使不能办理学校，却能传授后学之人，群起致力于教育，而师资可以骤增。国家及社会之有力而有志兴学者，可节省其人力物力，并而用之于凡民力所不及之途，而人力物力之为用，将益见其经济，而其收效具愈宏了。

难者必曰：教育非读书之谓也，如子所言，则来应考试者必皆仅能读书子徒，于教育之意大悖矣。斯固然，然凡事须讲实际，重现状。今日之学校教育，其大多数，果能于读书之外，别有所成就乎？恐并读书尚未能切实也。且注重现实，尚

229

有一义，其义唯何？曰：如今日之学制，教育当由国家负大部分责任，必有极绵密之行政，然后能胜之，今日之行政，果已能达之程度乎？繁密之政，既不能行，何不取其较简易者？

（原刊《改造杂志》创刊号，1946 年出版）

读书的方法

　　读书，到底是有益的，还是有害的事？这话是很难说的。"学问在于空间，不在于纸上。"要读书，先得要知道书上所说的，就是社会上的什么事实。如其所说的明明是封建时代的民情，你却把来解释资本主义时代的现象；所说的明明是专制时代的治法，你却把来应付民治主义时代的潮流；那就大错了。从古以来，迂儒误国；甚至被人姗笑不懂世事；其根源全在于此。所以读书第一要留心书上所说的话，就是社会的何种事实。这是第一要义。这一着一差，满盘都没有是处了。

　　知道书上的某种话，就是社会上的某种事实，书就可以读了。那么，用何种方法去读呢？

　　在《书经》的《洪范篇》上，有"沉潜刚克，高明柔克"两句话。这两句话，是被向来讲身心修养的人，看作天性不同的两种人所走的两条路径的。其实讲研究学问的方法，亦不外乎此。这两种方法：前一种是深入乎一事中，范围较窄，而用力却较深的。后一种则范围较广，而用功却较浅。这两种方法：前一种是造就专家，后一种则养成通才。固然，走哪一条路，由于各人性之所近，然其实是不可偏废的。学问之家，或主精研，或主博涉，不过就其所注重者而言，绝不是精研之家，可以蔽听塞明，于一个窄小的范围以外，一无所知，亦不是博涉之家，一味地贪多务得，而一切不能深入。

治学的程序，从理论上讲：第一，当先知现在共有几种重要的学问。第二，每一种学问，该知道它现在的情形是如何？最重要的，有哪部书？第三，对于各种重要学问，都得知其崖略。第四，自己专门研究的学问，则更须知道得深一些。第五，如此者，用功既深，（A）或则对于某种现象，觉得其足资研究，而昔人尚未研究及之，我们便可扩充研究的范围。（B）又或某种现象，昔人虽已加以分析，然尚嫌其不够细密，我们就可再加分析，划定一更小的范围，以资研究。（C）又或综合前人的所得，更成立一个较大的范围。（D）又或于前人所遗漏的加以补充，错误的加以改正。如此，就能使新学问成立，或旧学问进步了。然则入手之初，具体的方法，又当如何呢？那亦不外乎刚克、柔克，二者并用。

专门研究的书，是要用沉潜刚克的方法的。先择定一种，

232

作为研究的中心，再选择几种，作为参考之用。"一部书的教师，是最不值钱的。"一部书的学者，亦何莫不然。这不关乎书的好坏。再好的，也不能把一切问题，包括无遗的，至少不能同样注重。这因为著者的学识，各有其独到之处，于此有所重，于彼必有所轻。如其各方面皆无所畸轻，则亦各方面无所畸重，其书就一无特色了。无特色之书，读之不易有所得。然有特色的书，亦只会注意于一两方面，而读者所要知道，却不是以这一两方面为限的。这是读书所以要用几种书互相参考的理由。这一层亦是最为要紧的。每一种书中，必有若干问题，每一个问题，须有一个答案，这一个答案，就是这一种学问中应该明白的义理。我们必须把它弄清楚，而每一条义理，都不是孤立的，各个问题必定互相关联。把他们联结起来，就又得一种更高的道理，这不但一种学问是如此，把各种学问联结起来，亦是如此，生物学中竞争和互助的作用，物理学中质力不减的法则，都可以应用到社会科学上。便是一个最浅显的例子，学校的教授，有益于青年，其故安在。那（一）缘其所设立的科目，必系现今较重要的学问；（二）缘其所讲授的，必系一种学问中最重要的部分；（三）而随着学生的进修，又有教师为之辅导，然即无缘入学的青年，苟能留意于学问的门径，并随时向有学问者请益，亦绝不是不可以自修的。

基础的科学，我们该用沉潜刚克的法子，此外随时泛滥，务求其所涉者广，以恢廓我们的境界，发抒我们的意气的，则宜用高明柔克的法子。昔人譬喻如用兵时的略地，一过就算了，不求深入。这种涉猎，能使我们的见解，不局于一隅，而不至为窗塞不通之论。这亦是很要紧的。因为近代的专门学者，往往易犯此病。

两途并进，"俛焉日有孳孳"，我想必极有趣味。"日计不足，月计有余"，隔一个时期，反省一番，就觉得功夫不是白用的了。程伊川先生说："不学便老而衰。"世界上哪一种人是没有进步的？只有不学的人。

（本文写于 1946 年）

治水的三阶段

禹，本来是中国的一个圣王，在距今二十余年前，忽然有人说他实是古代的一个动物，这话太离奇了，遂引起一班人的惊疑反对。

以禹为古代的一个动物，并无其人，这话，我亦未敢赞同。然这一派人，又说《禹贡》乃战国时书，禹的治水，全不是这一回事，则其言确有至理。不论从哪一方面讲，在禹的时代，而有这大规模的治水，原是诉诸常识而即知其不可信的。

然则禹的治水，究竟是怎样的一回事呢？这在七百余年前，好学深思的朱子，就已开启这一条疑古的路了。他说：禹的治水，只有《书经·皋陶谟》即今本《益稷》中，"予决九川，距四海，浚畎浍距川"几句话最可信。川是自然的河流，

235

畎浍则人力所开的水道，海乃湮晦之义，距离较远，而其地的情形，为我们所不知之处，则谓之海，所以夷、蛮、戎、狄，谓之四海。九是多数的意思。"决九川，距四海，浚畎浍距川"，只是把人力所成的沟渠引到大河里，又把大河通到境外罢了。战国时有个白圭，自己夸称，说：我的治水，比禹都好了。孟子却驳他说：禹的治水，是以四海为壑，你却以邻为壑。壑是无水的科笼。照刚才所说：禹的治水，也是以邻为壑的。不过其时，其所邻之处或无人居，则可称为邻地，而不可称为邻国罢了。然则白圭的治水，实在比禹难一些。

不论做哪一件事，其手段，总是随时代而进步的，治水当然不是例外。

治水最早的法子，该是堤防，这原是最易见到的，然久之就觉得其不妥，不顺着自然力的方向去利用它，而要与之相争，这总是不行的，于是治水的方法，就是从堤防进步到疏浚，古书上说鲧治水的失败，禹治水的成功，就是代表这一个观念的，未必是当时的事实。

这种观念，发达到极点，就成为贾让不与河争地之策了，他主张河所能泛滥的区域，我们都空出来，让给它，这自不会与自然力强争，致遭败北之惨了。然而黄河的泛滥，乃因其从上流挟泥沙而下，致将河身淤垫，河身填满了，它就要改道。所以它所走的路，是并无一定的，若把河道所能到之处，一概

236

空出来，这倒中国东部的平原，一概要送给它了。若见它要来，然后迁让，则迁徙未免太劳，损失亦恐过巨。然则水还是要治的，与自然强争固不对，一味见它退让亦不对。

要治水，堤防自然不行的，自然还得讲疏浚，然而疏浚的工程太大，人力实不能胜，奈何？于是有潘季驯束水攻沙之法。束水攻沙者，河行到平地，流势宽缓，将未显出堆积作用来时，我们则窄其道而束之，使其再显出冲刷作用和搬运作用，于是从上流挟带而来的泥沙都被搬走，不至堆积下来了，不和自然力争斗，亦不见他退缩，而即利用它的力量，来达到我们的目的，这确是治水最高的方法了。

治水的三阶段，恰代表了人类对付自然的三种态度。

（原刊 1945 年上海《正言报》学林副刊第二期）

蠹 鱼 自 讼

　　"臣朔犹饥，侏儒自饱，毕竟儒冠误"，这种感慨，从前读书人，是常有的，我却生平没有这一种感慨。

　　我觉得奋斗就是生命，奋斗完了，生命也就完了。从前文人的多感慨，不过悲哀于不遇，奋斗是随时随地，都有机会得的，根本无所谓遇不遇。况且我觉得文人和学人的性质，又有些不同。文人比较有闲，所以有工夫去胡思乱想，学人则比较繁忙，没有什么闲的工夫。我虽没有学问，却十足做了半生的蠹鱼，又何从发出什么感慨来呢？

　　然而我也说"被读书误了"，这又是何故？

　　这话倒也是站在学人的立场上说的。学问之道，贵乎求真，"真的学问，在空间不在纸上"，这个道理，是容易明白的。自然，最初写在纸上的，是从空间来的，不然，它也不会

238

有来路。然而时间积久了，就要和实际的情形不合，所描写的，不是现在的情形了；所发表的意见，也和现在不切。然而时间积久了，就使它本身成为权威，以为除书所载而外，更无问题，而一切问题，古人也都已合理地解决了，所苦者，只是我们没有能了解古人的话，或虽了解而不能实行。即有少数人，觉得书之外还有问题，古人解决问题的方法，亦未为全是的，然而先入为主，既经受了书的暗示，找出来的问题，还是和古人相类，而其所谓解决的方法，也出不得古人的窠臼，和现在还是隔着一重障壁。所以从来批评读书人的，有一句话，叫作"迂阔而远于事情"。"情"是"实"，"事情"就是"事实的真相"，"迂"是绕圈子，"阔"是距离的远，你不走近路而走远路，自然达不到目的地，见不到目的物的真相了。这一个批评，实在是不错的，读书人的做事，往往无成，就是为此。

然而不读书的人，做事也未必高明些，这又是何故？固然，他们有成功的，然而只是碰运气。运气是大家可以碰到的，就读书人也未必不能碰到。不学无术的英雄，气概是好了，也未尝不失败，就是为此。老实说：他们的做事，比读书人也高明不出什么来，甚而至于还要低劣些，因为读书人还有一个错误的计算，他们则并此而无之了。

做事情要有计算，毕竟是不错的。读书人的错误，并不在于他们的喜欢研究，而在于所研究者之非其物。研究的物件错了，自然研究的结果，无一而是了。别人我不敢说，我且说我自己。我亦不敢说得远，且说这两年来的事情。

我是半生混迹于都市之中的，近两年来，却居住和往来于乡间有一年半之久，这是我换了一个新环境了，我却得到些什么呢？

近几年来，时局大变了。时局的变化，是能给人以重大的刺激和亲切的教训的，就乡下人也该有些觉悟，然而大多数人，混沌如故。他们对于时局的认识，到底如何？感想到底如何？

离开时局说，一个人总有他的世界观和人生观的。有些人，以为哲学是高远绝人之物，这根本是一个误解。每一个人，总有他的世界观和人生观，这就是他的哲学了。哲学虽看似空虚，实在是决定人生的方向，指导他的行为的。然则他们哲学上的见地，究竟如何？自然，他们哲学上的见地，也不能一致。然则老的如何？少的如何？男的如何？女的如何？庄稼人如何？做手艺的如何？足迹不出里闾者如何？常往来于城市者如何？……

以上的话，似乎太笼统了，说得具体些。这几年来，乡间实在有一个严重的现象，那就是人口，而尤其是壮丁的减少。工资腾贵了，以今日的币价而论，或亦可说其实并没有腾贵，然而就使你真提高了工资，也还是雇不到人。事业比战前，并没有扩充，而且显著地减少了，人浮于事的现象，则适得其反，这能说是人口至少是壮丁没减少吗？然而你问起人家来，人家总说并没有减少。甚而至于说还有增加。他或者看见他的亲戚、朋友、邻里，新添了一两个丁口，而老的也没有死去吧？

农产品腾贵了，乡里人的生活，究竟如何？有一个比较留心的人对我说："最好是三十年。这时候，农产品已经比较腾贵了，别种物价的腾贵，却未至如今日之甚，税捐的剥削，也还未至如今日的厉害，币价却低落了。我们乡间，有一种'活田'，就是名为卖，而有了钱，依然可以出原价赎回的。据说在这一年，乡下人这种田，几乎赎去了十之八九，佃农变作自耕农了，这是一个生活较好的铁证。近两年来，各种物价，都腾贵了，税捐的剥削，也更厉害了，就乡下人也大呼生活艰难，然而生活必要的资料，尤其是食料和燃料，他们手里毕竟有一些实物，和城市中人动辄要买，而且还不易买到的不同，所以他们的生活，比城市中人，比较要好些。"以他们向来勤俭的习惯而论，处这极其危险而还未至于绝无可为的地位，该格外奋勉向上。然而有一部分人，却因手中货币虚伪的数量上的增多，或者交易上一时的有利，而露出骄气，其实是暮气来了。譬如，有一个佃户，找他的田主要借钱。田主道：

"我借给你，也不过两三千元。"佃户便哼的一笑道："两三千元吗？我上茶馆天天带着的。"这所谓上茶馆，并不是真去喝茶，你只要午后走过市集，便可见得所谓茶馆里，并没有一个人在那里喝茶，你如走得口渴，要想泡一碗茶喝，他也可回说没有。真的，他的火炉中并没有火。然则茶馆开着做什么呢？你再一看，就可见一桌一桌的人，在那里叉麻雀了，叉麻雀还算是文气的，还有更武气的赌。茶馆里也算是比较优等的地方，劣等一些，便在人家檐宇下，安放一张桌子，或者还是凳子，四面围着些人，便在那里掷骰子、推牌九了。落在后排的，便自己带了凳子来，高高地站在上面，在人背后奋勇参加。

这还是不至于沦落的人，沦落的人，就更无从说起了。有一个佃户，因为替田主照应坟墓的关系，既不交租，又不完税，而且还住了田主的屋子。然而他穷得了不得，谷未登场，已非己有，有钱在手里就赌。近两年而且害起病来了，不能耕种，十亩倒荒掉五亩以上，那五亩不到，还是他女人勉力种的。他却天天站立在门外，负手逍遥，见有收捐的人来，便从屋后向田野中溜掉了，让他的女人去支吾。

这种人，或者可以说是生来就能力薄弱的，然亦有向来勤俭的人，在这几年中，环境也逼迫他，或者引诱他，使他堕落。有一个城市中人，在战前，是相当勤俭的。他产业的收入不多，靠亲戚贴补些，又自用缝衣机器缝衣，也还图个温饱。战时房屋烧掉了，他便把地皮卖掉，到乡间买了二十多亩田。这时候，还很有勤俭自持的样子。不知如何，忽而把毒品吸上了。从此渐渐地不像个人。一两年后，身体也衰弱得不成话了。有一天，吃了晚饭，勉强走出去过瘾，竟因心脏的工作忽而发生障碍，就死在售吸之处，仅有的余款和田地契等，被和他同嗜的人，回到他寓处掳去了。

这是乡间的情形，至于城市之中，则我在两年前回乡时，觉得大家还有些震动恪恭的意思，未忘其所处者为非常时期，今则此等人几于不可复见了。变节不会变得这么快，或者是"贤者辟地"了吧。否则"万人如海一身藏""众里寻他千百度，蓦然回首，那人却在，灯火阑珊处"，自然也是不容易遇见他的。眼前数见不鲜的，则不是想发横财，就是且图享乐。再不然，就是刺激受得过度而麻木了。什么事情，也刺激他不动，正像耳朵给炮声震聋了，再也听不见什么一般。现在的环境，真能使人堕落吗？然而不靠白血球和病菌苦战一番，安能使新陈代谢的作用旺盛，而收除旧布新之效呢？

迷信事项，不论在城市在乡，都见其盛行，且如现在是九秋天气，我们家乡的风俗，从旧历九月初一日起，到初九日止，是有所谓"拜斗"，亦谓之"礼斗"的一种举动的。那便是道士，或者虽非道士而着了道士的衣服，念着一种"斗坛经"，向所谓北斗星君者，磕头礼拜，求其增加寿算，或者不克减。拜斗之处，明明是一所屋子，其名称却谓之坛。在敝处小小的一个城市中，所谓坛者，却也有好几处，最初，拜斗的人，都自以为是功德。他们有一种公款，以作开支，并不靠人家补助的。然而"蝼蚁尚且贪生，为人岂不惜命"？增加寿算，或者不克减的事，岂怕没有同志？而况"南斗注生，北斗注死"，这传说业已不知其几何年，岂怕没人相信？于是有害了病，去请他们拜斗，以求不死的；也有虽然无病，而亦去请他们拜斗，以期更享高龄的。久而久之，拜斗也逐渐地商业化了，虽然抱着做功德之念者，今日亦非遂无其人。在战前，礼斗一次，不过花上二三百元，现在则起码万元，多的到万五千元以外。然而从初一到初九，应付这些主顾，还是来不及，而不得不把拜斗之期，延长到初十以后，这是眼前的即景，追想几个月前，关帝庙中的庙祝，说某日是关帝的生日了，托人四出募捐。旬日之间，所得计有二十万。一天工夫，据说都花销完了。经手的人不必说，布施的人，该是"诚发于中""义形于色"，必不容人家有什么不端的行为的了，然而就是关帝生日这一天，关帝庙里，就呼卢喝雉了一夜，他们竟熟视无睹，无可如何吗？或者也有之，然又何苦踊跃输将于前呢？还有所谓什么道的，所崇拜的物件，不知是什么。所讲的道理，更其非驴非马，听得要使人"冠缨索绝"。然而相信他的人，

244

也是不远数百里而来，所捐输的款项，据说亦在数十百万以上。

堕落的为什么堕落？颓放的为什么颓放？发狂的为什么发狂？痴迷的为什么痴迷？这都各有其所以然的，断不是坐在家里，用心思去测度所能够知道。发愤骂人，总说人家不应该如此，那更可笑了。"世界上是没有一件事情没有其所以然的，即无一件事情是不合理的，不过你没懂得他的理罢了。"怎样会知道许多道理呢？那就要多多和事实接触，且如今日，人口到底减少不减少？如其减少，是怎样减少的？所减少者专在壮丁，还是连老弱都受到影响？其减少的原因，又是为何？我固然没有法子，像调查户口般逐户去调查，然使周历乡间，多和各种人物接触，难道没有机会，知道其中一些真相吗？这是一端，其余可以类推。总而言之，和各种事实接触得多了，和各种人物接触得多了，自然你易于知道一切事情真相，向来知其然而不知其所以然的，自然有许多，你能够知其所以然了。这里头，一定有许多崭新的材料，为你向来所梦想不到的，使你见所未见，闻所未闻，不徒能增加知识，而且还饶有趣味。

这事情难吗？我是有资格可以去访问乡间的所谓乡先生的，城市中人，熟识的更多了。他们或者都以为我是一个无用之人，然亦都知道我是个老实人，别无作用，一切事情的真相，对我尽情吐露，并无妨碍。听他们的说话，或者一时不易得到要领，然而我自有法子去探问；听了他们的话，我自会推测、补充、参证、综合的。至于城市中素未认识而又谈话比较有条理的人，乡间的农夫野老、妇人孺子，你要和他接触，而使你得到一个满望的结果，那更容易了。总而言之，只要你有决心，有耐心，去和他们接触，决不会无所得，而且所得一定很多。在交通上，周历各处，在今日或者是比较困难的，而且还冒些风险，然亦未至于不可通行。我们从前读书，不常看见乱离之时，交通困难，要避免了某种特殊势力，或者要结托了某地段的豪杰，才能够通行无阻吗？在今日，正可亲历其境，以知道所谓乱离之世的真相。不但活生生的事实，不放它眼前空过，就是读书时候所见到的许多事实，知其然而不知其所以然，百思不得其解，就自以为解，其实也是误解的，也可因活事实的参证，而知道其所以然了。喜欢读说部的人，为什么多？喜欢读正书的人，为什么少？岂不以说部的叙述比较详尽，容易了解；又其材料都为现代的，亲切有味吗？其实说部的内容，就使都从阅历得来，和实际的事实，总还隔着一层；也是闭门造车的，更不必说了。活生生的事实，比起说部来，又要多么易于了解，亲切有味？何况干燥无味的正书呢？

此时此地，是何等获得知识，饶有趣味的好机会？然而我竟轻易地把它放过了，我还只做了两年的蠹鱼。

我为什么如此说呢？一者，读书读得太多了，成为日常生活的习惯，就很怕和人家交接了。这实在是自己的畸形发展，倒总觉得和人家交接，浅而无味，俗而可厌。于是把仅有的外向性都消磨尽，变成极端的内向性了。二者，在书上用过一番功夫，而还无所成就，总觉得弃之可惜，于是不免赓续旧业，钻向故纸堆中。从前梁任公先生叹息于近代史的寥落，他说："我于现代的史实，知道的不为不多，然而我总觉得对于现代的兴味，不如古代。"任公先生，现在是与世长辞了，他所知道的，甚而至于是身历其境的，怕百分之九十几，都没有能写出来，任公先生是比较能做实事的人，尚且如此，何况我这真正的蠹鱼呢？

然而我毕竟不能不算是一个错误。

然而"往车已覆，来轸方遒"。我在乡间学校里，曾发愤，每天提出一个钟点来，和学生谈话。我所希望的，是不谈书而谈书以外的事实，有机会时，把他引到书上去，使书本和事实，逐渐地打成一片。然而来的都是喜欢读书的人，所谈的也都是书上的话。要想把他引到现实上去，因为有许多问题，离现实太远了，竟无法引而近之。不但学生，即教育者亦大多数以为"读书就是教育，教育就是读书"，家长更不必论了，到现在，中等学校教员中，还有要讲桐城家法，听得我会写语体文而惊讶的。这或者是迂儒，然我亲见实业上比较成功的人，请人在家讲《孝经》。又有一个某实业团体的会，请了两

247

位先生，排日讲《书经》《礼记》。他们说："这两位先生，隔日要讲一次，未免太累了。"托人致意于我，想我也去讲一种古书，"如此就每人可以隔两天"，被我笑谢了。

我们的社会，和现实相隔太远了，这未免太不摩登了吧！我并不说读书不是学问。书，自然也是研究的一种物件，然而书只可作为参考品，我们总该就事实努力加以观察，加以研究的。不但自然科学如此，社会科学，更该如此。因为社会科学，现在所达到的程度，较之自然科学，相差得太远了，在纷纭的社会现象中，如何搜集材料？如何加以研究？一切方法，都该像现在的读书一般，略有途辙可循，略有成法可以授人，而随时矫正其谬误，这才是真正的教育。至于把书本作为物件而加以研究，这自然也是一部分的事业，也有一部分性质适宜于此的人，然而适宜于此的人，怕本不过全体中一小部分。因为人的性质，自能因关系的亲疏，而分别其兴味的浓淡的。书本较诸现实，关系当然要疏远些，感觉兴味的人，自然少了。现在把一小部分人能做的事业，强迫全体的人都要这么做，这亦是现在的教育所以困难的一个原因吧？

会说读死书是无用，学问要注重现实的人，现在并非没有，而且算是较摩登的。然而这种人，往往并无所得，较诸只会读书的人，成绩更恶劣了。这是由于现在说这一类话的人，大都是没有研究性质的人，把他们来和读死书的对照，还只是

248

以无研究的人和所研究者非其物之人相对照而已，并不能作为读死书的人的借口。

（原署名：程芸。原刊文艺春秋丛刊之三《春雷》，

上海永祥印书馆，1945 年 3 月 15 日出版）